D1928386

Aus Freude am Lesen

btb

Buch

Eigentlich wollte sie der Frau nur einen sanften Stupser geben. Mit dem Kotflügel. Warum trug diese Person auch die gleichen Kleider wie sie? Niemand ahmt ungestraft Maggie Barnes nach. Und so bringt sie sich wieder einmal in ernsthafte Schwierigkeiten, nur um einer Passantin mit dem Kotflügel ihres Autos eine kleine Lektion zu erteilen.
In ihrem kleinen Ort Bend of the River gilt Maggie Barnes einfach nur als »verwirrt und die Frau mit all den Problemen«. Doch für die 12jährige Hattie hat ihre Mutter Maggie zwei Gesichter. Denn zu Hause, wenn Hattie allein mir ihr sein kann, ist Maggie Barnes oft liebevoll und warmherzig, oft aber auch ausweichend und fern von ihr. Mit diesen zwei Welten, in denen die Mutter zu leben scheint, müssen Hattie und ihr Bruder Freddie zurechtkommen. Und trotz all ihrer grenzenlosen Liebe zu ihrer Mutter fällt es Hattie manchmal schwer, nicht den Mut und die Hoffnung zu verlieren.
Einfühlsam und mit den Augen der jungen Hattie betrachtet Kaye Gibbons das Schicksal einer zutiefst gespaltenen jungen Frau zwischen unbändiger Lebensfreude und lähmender Depression. Ihre Maggie Barnes ist zweifellos eine der faszinierendsten und tiefgründigsten Romangestalten der jungen amerikanischen Literatur.

Autorin

Kaye Gibbons, 1960 im ländlichen Nash County, North Carolina, geboren, lebt mit ihren drei Töchtern in Raleigh, North Carolina. *Verdeckte Blicke* ist ihr fünfter Roman und war ein großer literarischer Erfolg in den USA.

Kaye Gibbons bei btb

Zauber des Lebens. Roman (72040)

Kaye Gibbons

Verdeckte Blicke

Roman

Deutsch von Birgit Moosmüller

btb

Die amerikanische Originalausgabe
erschien 1995 unter dem Titel »Sights Unseen«
bei G. P. Putnam's Sons, New York

Umwelthinweis:
Alle bedruckten Materialien dieses Taschenbuches
sind chlorfrei und umweltschonend.

btb Taschenbücher erscheinen im Goldmann Verlag,
einem Unternehmen der Verlagsgruppe Bertelsmann.

1. Auflage
Deutsche Erstveröffentlichung Januar 1997

Umschlaggestaltung: Design Team München
Umschlagfoto: Pictor International
Satz: IBV Satz- und Datentechnik GmbH, Berlin
T.T. · Herstellung: Augustin Wiesbeck
Made in Germany
ISBN 3-442-72074-0

FÜR FRANK

Denn es gibt dunkle Ströme in dieser dunklen Welt, Lady,
Golfströme und arktische Strömungen der Seele.

CONRAD AIKEN,
Preludes for Memnon

1

1

Hätte ich gewußt, daß meine Mutter acht Wochen lang jeden Montagmorgen mit Elektroschocks behandelt wurde, während ich mich für die Schule anzog, wäre ich bestimmt nicht in der Lage gewesen, meine Bluse zuzuknöpfen, meine Schuhe zuzubinden oder mich daran zu erinnern, wo ich meine Hausaufgaben hingelegt hatte. Ich sehe mich noch vor mir, wie ich an meinem Rockverschluß herumfummelte und mich im Kreis drehte wie eine Katze, die ihrem eigenen Schwanz hinterherjagt, während ich versuchte, den Druckknopf zuzubekommen. Niemand erzählte mir, was mit Mutter passierte, weil man mich mit meinen zwölf Jahren für zu jung hielt, und tatsächlich war ich zu unschuldig, um es zu erraten.

Ihre Genesung hatte etwas Machtvolles, das über mein kindliches Fassungsvermögen hinauszugehen schien. Es war dasselbe Gefühl, das ich heute als Erwachsene habe, wenn ich versuche, die Größe des Universums, die Anzahl der Sterne, die Hitze der Sonne oder die Geschwindigkeit des Lichts zu erfassen. Ich konnte mir einfach nicht vorstellen, wie eine so schrecklich kranke Frau wieder gesund werden konnte. Es kam mir so vor, als würden die Ärzte irgendeine Art von medizinischem Zauber anwenden; anders konnte ich mir nicht erklären, daß Tabletten und eine veränderte Umgebung meiner Mutter halfen, wo doch die Liebe ihrer Familie nichts genutzt hatte. Ich glaube, ich war eifersüchtig auf das Krankenhaus und die Ärzte. Zu Hause hatte sie ihr Leben bloß ertragen. Im Krankenhaus begann sie aufzublühen. Sie kehrte als unabhängige Frau nach Hause zurück.

Ich fragte mich damals, wieso ich so wenig Einfluß auf ihr Leben hatte. Wenn ich eine kleine Tochter hätte, überlegte ich, dann würde ich bei ihrem Anblick Mittel und Wege finden, festen Boden unter die Füße zu bekommen. Ich würde Wege entdecken, um aus dem Nebel auf die Lichtung zu treten, wo mein Ehemann, mein Sohn und meine Tochter mich sehen und in die Arme schließen könnten. Wenn ich eine Tochter hätte, die meine Liebe so sehr bräuchte wie ich die ihre, dann würde ich durch bloße Willensanstrengung – so dachte ich damals zumindest – wieder gesund werden. Aber meine Mutter fühlte sich durch mich zu nichts Derartigem inspiriert. Als Manisch-Depressive hatte sie keinerlei Kontrolle über ihre Krankheit. Zusammen mit meinem Vater trauerte ich über unsere Unfähigkeit, sie zu ändern, sie zu heilen. Und ich hatte Angst, daß die Pillen und die Bemühungen der Ärzte später, nachdem sie wieder eine Weile bei uns war, aufhören würden zu wirken und sie in ihre frühere Verrücktheit zurückverfallen würde, so daß unsere Stimmen – die meines Vaters, meines Bruders und meine eigene – wieder nichts anderes sein würden als das Hintergrundgeräusch zu ihren Phantasien. Ich hatte Angst, daß ihr gutes Befinden, anders als eine Schutzimpfung, nicht lange anhalten würde. Das Leben mit meiner Mutter, so befürchtete ich, würde wieder ein Leben mit einer Fremden werden, einer launischen, flatterhaften Fremden.

Wegen ihrer Krankheit war es ihr unmöglich, ständig bei uns zu sein. Trotzdem hielt ich immer an der Vorstellung fest, daß ich eine Mutter verdient hatte und die meine eines Tages auf Dauer um mich sein würde. Statt am Küchentisch Patiencen zu legen, während Pearl, unsere Köchin und Haushälterin, das Abendessen zubereitete, würde ich irgendwann mit meiner Mutter am Tisch sitzen und Rommé spielen. Sie würde mein Leben mit mir teilen. Diese Hoffnung gab ich sogar in den schlimmsten Zeiten nicht auf. So sehr mich Pearl auch bemutterte, sie ließ mich doch keinen Augenblick vergessen, daß meine richtige Mutter sich oben ausruhte oder im Krankenhaus lag, und daß sich eines Tages alles in unserem Haus zum Guten wenden würde. Ich frage mich, wieso ich mein Idealbild einer Mutter nie aufgab. Sie bot mir reichlich Gelegenheit, sie völlig aus meinem Kopf zu verbannen. Warum habe ich es trotzdem nicht getan? Warum hat mein Bruder es nicht getan?

Mutter war fast immer deprimiert, und ihre Traurigkeit wurde nur durch wilde, trügerische Stimmungsumschwünge mit kurzen Phasen der Stabilität unterbrochen, die von meiner Familie jedesmal gefeiert wurden und uns in Erinnerung blieben, als wären es spektakuläre Ereignisse, fast wie eine Sonnenfinsternis oder ein Meteorregen. Wäre sie 1967 nicht auf drastische Weise zum Stillstand gekommen, hätte ich sie nie wirklich kennengelernt. Ich wäre bloß von meinem Vater und Pearl aufgezogen worden und hätte mir mein Leben dadurch ruiniert, daß ich ständig versucht hätte, die Folgen zu mildern, die ihre Abwesenheit zwangsläufig für mich gehabt hätte.

Ein Mädchen kann nicht längere Zeit mutterlos leben, ohne davon geprägt zu werden und hie und da in ihrem Herzen oder ihrem Kopf einen kompensatorischen Saum einzuschlagen oder die eine oder andere Naht aufzutrennen, wenn sie von ihrer Einsamkeit bedroht wird. Ich hätte mich weiter abmühen können, ein braves Mädchen zu sein und möglichst schnell erwachsen zu werden, ohne jemals zu lernen, was ich tun sollte, wenn mir eines Tages meine eigenen Kinder in den Arm gelegt würden. Ich hätte instinktiv meine Verantwortung ihnen gegenüber leugnen können, so wie meine Mutter anfangs die Verantwortung für mich abgetreten hatte. Die Kinder hätten unter Umständen warten müssen, bis ich meinen Weg gefunden hätte, so, wie ich auf meine Mutter warten mußte, und vielleicht wären sie nicht so geduldig gewesen. Meine Geduld beruhte auf einer tiefen Sehnsucht nach einem Ideal, und hätte ich nicht Mitleid mit meiner Mutter gehabt, hätte ich bestimmt aufgehört, auf sie zu warten; ich hätte sie aufgegeben und anderswo nach Liebe gesucht. Aber wir bekamen einander gerade noch rechtzeitig zu fassen, kurz vor dem Ende meiner Pubertät. Sie hat mich vom Rand eines Abgrunds zurückgerissen. Ausgerechnet in der Phase, in der ich mich von meiner Mutter hätte abnabeln sollen, bewegten wir uns aufeinander zu. Statt aus dem Haus zu rennen und die Tür hinter mir zuzuknallen, kroch ich in ihre Arme. Als die Jungs endlich anfingen, Notiz von mir zu nehmen, mußten sie warten, bis meine Mutter und ich uns kennengelernt hatten, bis wir unsere Gewohnheiten und persönlichen Eigenarten kannten.

Mutter starb vor fünf Jahren, kurz nachdem ich erfahren hatte, daß ich mit meiner ersten Tochter schwanger war. Zu dem Zeitpunkt war sie gesund. Fünfzehn Jahre Medikamente und Therapien gegen ihre manisch-depressive Krankheit hatten sie gestärkt. Mein Bruder Freddy und ich halfen ihr und meinem Vater an einem ruhigen Sonntagnachmittag dabei, seine Kindersachen aus dem alten Haus der Familie Barnes zu räumen. Der Vater meines Vaters hatte das Haus auf Lebenszeit seiner Schwägerin, Miss Josephine Woodward, überlassen. Obwohl meine Eltern es vorzogen zu sagen, Mr. Barnes und Miss Woodward hätten »sich gegenseitig Gesellschaft geleistet«, behauptete meine Tante Menefee, die an diesem Tag auch da war, daß sie »etwas miteinander hatten«. Tante Menefees Mann, der Bruder meines Vaters, Onkel Lawrence, war ebenfalls gekommen, um seine Kindersachen zu holen. Miss Woodward war gerade nach einem Anfall von Lungenentzündung aus dem Krankenhaus entlassen worden und fest davon überzeugt, daß sie innerhalb kürzester Zeit wieder krank werden und bald sterben würde. Ich sollte nach ihrem Tod in das Haus einziehen. Mein Großvater hatte es mir vermacht, um auf diese Weise meiner Mutter seine Ehrerbietung zu erweisen. Wenn es nach mir gegangen wäre, hätte ich alles im Speicher gelassen. Irgendwie hätte ich es sogar beruhigend gefunden, die eingestaubten Kinderspielsachen meines Vaters dort oben zu wissen, die schon fünfzig Jahre niemand mehr angerührt hatte, aber Miss Woodward sagte, sie wolle ihre Angelegenheiten regeln, und dazu gehörte nun einmal auch, ihr Haus zu durchforsten und von oben bis unten zu säubern. Meine Eltern, mein Bruder und ich hatten kein Problem damit, ihr diesen Gefallen zu tun, aber meine Tante Menefee beklagte sich, während die Speichertreppe heruntergezogen wurde. »Das sieht ihr ähnlich«, meinte sie, »unsere Familie herumzukommandieren. In Wirklichkeit stört sie dieses Zeug doch überhaupt nicht. Es wundert mich, daß sie nicht hier ist und uns Befehle erteilt.« Ich konnte mir beim besten Willen nicht vorstellen, wie Miss Woodward, die damals achtzig war und in einem anderen Teil des Hauses das Bett hütete, aufstehen sollte, um die Räumaktion zu überwachen.

Das war 1982. Mutter war damals zweiundsechzig und so rank und schlank, wie sie immer gewesen war, abgesehen von den Zeiten, wenn sie wegen neuer Medikamente zunahm. Ich weiß noch, daß Freddy an diesem Tag eine Bemerkung über ihre Figur gemacht hatte. Er hatte sie aufgefordert, mit Daumen und Zeigefinger um ihr Handgelenk zu fassen, weil sie dann selbst sehen würde, wie dünn sie war. Sie glaubte immer, fett zu sein und ständig fetter zu werden. Wie die Ärzte waren auch Freddy und ich der Meinung, daß Mutter mehr essen sollte. Uns kam es so vor, als würde sie wesentlich mehr Medikamente als Nahrung zu sich nehmen. Ihr Stoffwechsel schien dem eines achtzehnjährigen Jungen zu ähneln.

An dem Tag, an dem wir den Speicher ausräumten, hatten Freddy, mein Vater und ich sie gebeten, keine schweren Kisten hochzuheben und sie vor allem nicht die wackelige Treppe hinunterzutragen. Aber sie tat es trotzdem. Sie war es einfach gewöhnt, uns alle zu ignorieren. Sie kam vorwärts die Treppe herunter, genau so, wie sie es uns immer verboten hatte, mit einer Kiste voll alter Kinderspiele, Zinnsoldaten und Bauklötze. Als sie die dritte Stufe von oben erreichte, trat sie mit einem Absatz auf den Rand und stürzte die Treppe hinunter, meinem Vater direkt vor die Füße. Er hatte angefangen, mit ihr zu schimpfen, hielt aber in dem Moment inne, als sie von den Stufen kippte wie eine Taucherin, die den Pool unter sich inspizieren will. Der Inhalt der Schachtel flog in alle Richtungen davon, und Sekunden später starb sie, ohne ein Wort oder einen Seufzer von sich zu geben. Ich bin nach wie vor der Meinung, daß sie schon während des Sturzes gestorben ist, ohne das Nahen des Blitzes oder die ewige Endgültigkeit ihres Sterbens zu begreifen.

Es mag ungewöhnlich erscheinen, aber mein erster Gedanke nach ihrem Tod galt nicht meinem Vater oder meinem Bruder oder ihr selbst, sondern mir. Ich setzte mich neben sie auf den Boden und fragte mich, wie ich es schaffen sollte, die restlichen sieben Monate meiner Schwangerschaft und den Rest meines Lebens ohne sie durchzustehen. Und ich war der festen Überzeugung, daß ich es mir als kleines Kind in unserer turbulenten Familie verdient hatte, zuerst um mich selbst zu trauern.

Miss Woodward kam den Gang entlanggewankt und sah uns alle reglos auf meine Mutter starren. »Warum ruft ihr denn keinen Krankenwagen?« fragte sie. Mein Vater, mein Bruder, Onkel Lawrence, Tante Menefee und ich sahen uns betreten an. Die Frage war natürlich gerechtfertigt. Aber wir waren alle noch ganz starr vor Schreck. Niemand hatte damit gerechnet, daß sie auf diese Weise sterben würde. Sie war einfach nicht die Art Frau, war es nie gewesen, zu der ein so schneller, undramatischer Tod paßte. Es wäre viel typischer für sie gewesen, wenn sie nach einer langwierigen Krankheit gestorben wäre, die sie dazu gezwungen hätte, uns vom Krankenbett aus ihre Anweisungen zu geben, angetan mit einem gesteppten Seidenbettjäckchen und zwei Schichten matt schimmerndem Lippenstift. Früher war sie der Typ Frau gewesen, der eines Tages Selbstmord begangen hätte, aber nachdem sie gesund war, entwickelte sie einen ungeheuren Stolz. Meine Mutter hatte in ihrem Leben schon so viel durchgemacht, daß sie ganz einfach stolz war, noch am Leben zu sein.

Noch heute denke ich oft über ihren kurzen Sturz von der Speichertreppe nach. Ich frage mich, ob sie mich damals wohl ansah und dachte: Hattie, jetzt werde ich dein Baby nie zu sehen bekommen. Oder ob sie meinen Bruder ansah und sich an die Fremdheit erinnerte, die zwischen ihnen stand, als er langsam erwachsen wurde. Ob sie wohl daran dachte, daß er lange Zeit versucht hatte, ihr aus dem Weg zu gehen, und jedesmal das Zimmer verließ, wenn sie es betrat? Und mein Vater! Vielleicht hat sie ihn angesehen und wortlos zu ihm gesagt: »Du weißt, daß ich dich immer geliebt habe, Frederick. Sogar, als du noch gar nicht auf der Welt warst.« Ich hoffe, daß sie Zeit hatte, an uns alle zu denken, so, wie wir während ihres Sturzes an sie dachten und vor Schreck den Atem anhielten. Am Abend darauf sagte mein Vater in der Leichenhalle zu mir: »Als ich sie stürzen sah, habe ich geglaubt, ich würde ihr hinterher auf die Beine helfen und zu ihr sagen, daß sie die verdammte Treppe ja nicht mehr hinaufgehen soll. Und dann würde ich dabei zusehen, wie sie genau das tut, was ich ihr gerade verboten habe.«

»Ich weiß«, sagte ich zu ihm. »Ich weiß.«

Obwohl sie bereits zweiundsechzig war, hatte sie nur fünfzehn Jahre als gesunde, ausgeglichene Persönlichkeit gelebt. Wie ich schon gesagt habe, pendelte sie vorher zwischen Krankheit und Gesundheit hin und her. 1967 – damals war ich zwölf – stückelte ihr Arzt die Geschichte ihres bisherigen Lebens zusammen und kam zu dem Schluß, daß sie bis zu diesem Zeitpunkt nicht weniger als zwanzig vollständige Zyklen von Manie und Depression durchgemacht hatte. Aber 1967 war das Jahr, in dem ihr Leben eine Wende nahm, der Herbst ihrer Krise und das Jahr ihrer Heimkehr. Vorher hatte sie sich fast zwölf Monate lang bester geistiger Gesundheit erfreut, aber dann, nach dem Präludium eines wochenlangen Höhenflugs, den mein Vater nicht hatte bremsen können, schlich sie sich heimlich nach unten und stahl den Autoschlüssel vom Schlüsselring neben der Hintertür. Wir bemerkten ihre Abwesenheit erst, als es schon zu spät war. Wir waren der Meinung, daß sie mit einem Buch in ihrem Zimmer saß und Radio hörte. Vater hatte sie dort zurückgelassen, nachdem er die ganze Nacht wachgelegen und sich ihr Geplapper über dieses und jenes angehört hatte. Vater hatte sie davon überzeugt, daß es für sie wegen ihrer Krankheit nicht ratsam war, den Führerschein zu machen, aber sie schaffte es trotzdem, den Wagen die sieben Meilen nach Rocky Mount zu lenken. Erst als sie eine gepflasterte Seitenstraße hinunterholperte, die nicht für Autos, sondern nur für Fußgänger gedacht war, fuhr sie eine Frau an. Noch ehe Mutter mit ihr kollidierte, schleiften der Auspuff und die Ölwanne des Oldsmobile bereits so lautstark über die Pflastersteine, daß mehrere neugierige Ladenbesitzer vor die Tür stürzten. Die Polizei war nur deswegen in der Lage, einen so genauen Bericht über das Ereignis zu verfassen, weil die Leute bereits darauf brannten, über das zu reden, was sie gerade gesehen hatten. Meine Mutter redete ebenfalls. Sie erklärte dem Beamten, der sie festnahm, was sie für die Wahrheit hielt: Sie war auf dem Weg zum Schuhladen, weil der Radiosprecher ihr befohlen hatte, sofort in die Stadt zu fahren, und plötzlich entdeckte sie auf dem Gehsteig diese Frau, die ihre Sachen trug und versuchte, genau wie sie auszusehen, und das, obwohl sie es doch nicht ausstehen konnte, wenn die Leute sie nachahmten. Deswegen faßte sie den Entschluß, die Frau mit dem Wagen ein bißchen anzustupsen, um ihr eine Lektion zu erteilen und sie zu lehren, nicht mehr in Klamotten in die Stadt zu gehen, die zu tragen sie kein Recht hatte, weil nur Maggie Barnes einen roten Swinger mit schwarzem Kragen tragen durfte, und wenn jemand verhaftet werden mußte, dann diese blöde Kuh, die da drin wegen ihrer blutunterlaufenen fetten Hüften jammerte, denen es sowieso nicht schaden konnte, wenn jemand auf beiden Seiten ein bißchen Speck wegfuhr.

Mutter war immerhin noch in der Lage zu verlangen, daß jemand meinen Vater anrief. Da er nicht zu erreichen war, weil er zu dem Zeitpunkt draußen auf den Feldern arbeitete, bat sie den Beamten, ihren Schwiegervater, Mr. Barnes, anzurufen. Rückblickend ist mir klar, daß er sowieso die logischere Wahl war. Er verstand es besser als mein Vater, mit einer solchen Situation umzugehen. Mr. Barnes war ein Mensch, der die Dinge in Ordnung bringen konnte. Mutter steckte in großen Schwierigkeiten und brauchte jemanden, der in der Lage war, überlegt und bestimmt zu handeln. Wäre Mr. Barnes nicht kurz darauf aufgetaucht, hätte man Mutter bestimmt eingesperrt, während sie weiter über ihre breithüftige Peinigerin phantasiert hätte. Er parkte seinen Wagen, ging die holperige Straße hinunter und kam gerade rechtzeitig, um mitzuerleben, wie Mutter, die immer noch hinter dem Lenkrad des Oldsmobile saß, durchs offene Wagenfenster die Beamten anschrie. Inzwischen bin ich in der Lage, sie durch die Augen eines unbeteiligten Betrachters zu sehen und ihre peinliche Situation nachzuempfinden. Am liebsten würde ich die Uhr zurückdrehen, mich neben sie in den Wagen setzen und die Schaulustigen beherzt auffordern, sich zu entfernen. Mr. Barnes bot den Polizisten Geld an und wäre beinahe wegen Bestechung verhaftet worden, schaffte es dann aber immerhin, sie zu überreden, ihm Mutter unter der Bedingung zu überlassen, daß er sie umgehend ins Gericht fuhr. Wütend und beleidigt saß sie auf dem Rücksitz, während er mit ihr durch die Stadt brauste. Der Richter entließ sie in die Obhut ihres Schwiegervaters. Als diesem bewußt wurde, wie peinlich ein Zeitungsbericht für meine Mutter sein würde, wenn sie wieder bei klarem Verstand war, fuhr er zum *Evening Telegram* und zückte dieselben Scheine, die die Polizeibeamten verschmäht hatten.

Mr. Barnes muß es geschafft haben, bei der Zeitung jemanden dazu zu bringen, die Scheine anzunehmen, denn immerhin wurde das manische Märchen meiner Mutter redaktionell bearbeitet; in der bearbeiteten Version aber klingt meine Mutter wirr und bösartig. Der Geschichte fehlt die Geschwindigkeit und die Flüssigkeit, mit der Mutter, wenn sie erst einmal in Fahrt war, von einem Thema zum nächsten gleiten konnte: von der Vergiftung des amerikanischen Geistes durch Ed Sullivan über die moralische Überlegenheit Joe Fridays von *Dragnet* bis hin zur Verschwörung der Yankees, die versuchten, durch die Einführung einer neuen Brötchensorte in der Brotabteilung des Colonial Store die Werte des Südens zu untergraben. Wenn der Höhepunkt einer manischen Episode bevorstand, konnte ihr letzter Ausbruch darin bestehen, daß sie beim Abendessen Dauerreden hielt, die entweder höchst stichhaltig oder aber völlig sinnlos waren; wenn man ihr aber erst einmal eine Stunde oder noch länger zugehört hatte, konnte man den Unterschied sowieso nicht mehr erkennen. Dem Zeitungsbericht zufolge behauptete meine Mutter, die Frau wegen ihrer fetten Hüften angefahren zu haben. In Wirklichkeit aber hatte Mutter damit zum Ausdruck bringen wollen, daß die Frau durch ihre Kleidung und ihren arroganten Gang versucht habe, ihre Seele zu stehlen. Wenn es ihr schlecht ging, war der Diebstahl ihrer Seele durch Fremde ein immer wiederkehrendes Thema. Noch lange nach ihrer Heilung erklärte sie, daß sie Angst gehabt habe, als leere, ausgehöhlte Hülle zurückgelassen zu werden.

Zwischen der Heirat meiner Eltern 1947 und dem Frühjahr 1954 hatten Mutters Stimmungsschwankungen fünf Haushälterinnen zum Kündigen veranlaßt. Dann stellte mein Vater schließlich Pearl Wiggins ein, die die Stürme meiner Mutter besser durchstand als jeder andere, einschließlich Mr. Barnes. Die Krankheit meiner Mutter konnte Pearl nichts anhaben. Sie wußte, wie man den nötigen Abstand hielt, um nicht in ihren Wirbel hineingezogen zu werden. Sie besaß Durchhaltevermögen und biß notfalls die Zähne zusammen, wenn meine Mutter ihre Geduld allzusehr strapazierte. Pearl war immer der Meinung, daß sie auf keinen Fall die Geduld mit ihr verlieren durfte; das wäre für sie der erste Schritt gewesen, sich von Mutters Krankheit überwältigen zu lassen. »Wenn ich ihretwegen wütend geworden wäre, hätte mich das verwirrt, und das wäre mein Ende gewesen«, sagte sie einmal zu mir.

Obwohl Pearl sehr energisch mit Mutter umgehen konnte, war sie auch in der Lage, Mutter behutsam zuzureden, wenn es nötig war. Ich erinnere mich noch an eine Gelegenheit, als ich mit sechs Jahren Mutters Schreien folgte und sie schließlich unten in der Küche fand. Sie hatte den Arm wie ein Baseball-Werfer erhoben und hielt eine Tasse in der Hand. Sie schrie: »Ich werde das verdammte Ding auf der Stelle zerbrechen. Laßt mich in Ruhe!«

Pearl näherte sich ihr so vorsichtig, als würde sie auf eine Verrückte mit einem geladenen Gewehr zugehen, und sagte: »Geben Sie mir die Tasse, Miss Maggie! Wenn Sie diese Tasse zerbrechen, dann werden Sie Ihr ganzes blauweißes Service zerbrechen. Hinterher, wenn Sie sich wieder beruhigt haben, werden Sie sich selbst dafür hassen, und mich auch, weil ich es zugelassen habe.«

Ich stand auf der Treppe, die neben dem Ofen in die Küche führte, und beobachtete die beiden. Mutter schien ihre Fassung lange genug wiederzugewinnen, um zu erkennen, daß sie keine Tasse zerbrechen wollte, die schon ihrer Großmutter gehört hatte. Also gab sie sie Pearl. Dann setzte sie sich an den Tisch und weinte. Sie sagte, sie habe keine Ahnung, warum sie sich so aufführe.

»Ich weiß es auch nicht«, antwortete Pearl. »Sie bleiben jetzt einfach sitzen, und ich schäle eine Orange für Sie.«

Pearl schritt sofort zur Tat, und als sie mich schließlich entdeckte, lud sie mich ein, mich dazu zu setzen und die Orange mit Mutter zu teilen. Ehrlich gesagt hatte ich Angst, der Frau die Orange wegzuessen. Es schien das einzige zu sein, was sie in diesem Augenblick auf der Welt hatte. Sie verschlang die Frucht, ohne meine Anwesenheit zur Kenntnis zu nehmen. Anschließend rief Pearl meine Mutter ans Waschbecken, wo sie ihr die Haare wusch. Wegen ihrer Krankheit ging Mutter nicht zum Friseur. Pearl, die oft die Annehmlichkeiten der Außenwelt zu uns ins Haus brachte, drehte Mutters Haar auf Wickler, setzte sie unter die kuppelförmige Trockenhaube, die sonst neben der Waschmaschine stand, und reichte ihr eine Filmzeitschrift.

An vielen Tagen mußte Pearl mit meiner Mutter umgehen wie eine Krankenschwester mit einer eigensinnigen Invalidin, die zur Essenszeit mit aller Kraft die Lippen aufeinanderpreßt. Sie führte ihre Geduld mit Mutter in erster Linie auf die Erfahrungen zurück, die sie vor dem Ersten Weltkrieg als Gesellschafterin gemacht hatte. Sie hatte für eine Frau in Raleigh gearbeitet, die sie als die »Augenbrauenfrau« bezeichnete. Die Frau litt unter dem Zwang, sich die Augenbrauen und alle anderen Haare auszureißen, die sie an ihrem Körper fand, und Pearl war der Meinung, daß jemand, der mit dieser Person zurechtgekommen war, auch mit meiner Mutter zurechtkommen mußte. Sie erklärte meinem Vater, sie wisse, wie man einen Haushalt führe, in dem es eine »Frau mit schwachen Nerven« gebe.

Sie sagte: »Man tut, was getan werden muß, und zwar dann, wenn es getan werden muß, genau wie in jedem anderen Haus auch. Der einzige Unterschied besteht darin, daß man ständig ein Auge auf die Kranke haben muß, wie auf ein unartiges Kind. Beide darf man weder mit einer Schere noch mit einer Schachtel Zündhölzer spielen lassen.«

Aber zunächst verschlechterte sich Mutters Gesundheitszustand nach Pearls Ankunft. Vater hat mir erzählt, daß sie an Freddys sechstem Geburtstag, kurz nachdem sie mit mir schwanger geworden war, in besonders schlechter Verfassung war. Die Geräusche, die aus dem Eßzimmer durch die Lüftung und über die Treppe nach oben in ihr Schlafzimmer drangen, wurden durch das verstärkt, was Vater immer ihr starkes Bedürfnis nach Grabesstille nannte. Sie schrie, daß sie ihre Augen in Frieden schließen wolle.

»Das einzige, was ich will, ist schlafen! Hört ihr mich da unten denn nicht? Um Himmels willen, seid doch still!« Pearl meinte damals, meine Mutter werde vom vielen Schreien noch ganz heiser werden. Dann, als mein Bruder eine Eiscremeschüssel mit dem Löffel auskratzte, erschien sie plötzlich unten im Wohnzimmer. Sie sah aus, als hätte sie tatsächlich schon wochenlang nicht mehr geschlafen, wie sie ständig behauptete. Sie wollte wissen, wer da die Schüssel auskratze. Alle hätten es darauf abgesehen, sie in den Wahnsinn zu treiben, erklärte sie. Wenn sie nur ein bißchen Ruhe finden könnte, vierzehn oder fünfzehn Stunden ungestörten Schlafes, würde sie sich vielleicht wieder wie ein Mensch fühlen. Aber nein. Irgend jemand mußte das letzte bißchen Eis aus der gottverdammten Schüssel kratzen. »Warum schleckt ihr sie nicht aus?« rief sie.

Mein Vater versprach ihr, mit Pearl für Ruhe zu sorgen, und Mr. Barnes bot sich an, Mutter wieder nach oben zu begleiten. Freddy zischte eine ungezogene Bemerkung hinterher, daß sie ihm seine Party verderbe, die sowieso keine richtige Party war, weil keine Freunde eingeladen worden waren, den Kuchen mit ihm zusammen zu essen. Nur mein Vater, Tante Menefees siebenjähriger Sohn Marshall, seine fünf- und sechsjährigen Schwestern, Ruth und Carol, und

Pearl und Mr. Barnes waren da, um mit ihm zu feiern. Außenstehende konnten uns nur besuchen, wenn es Mutter gut ging, so daß wir nur selten Besuch hatten. Bei uns passierte so vieles, was niemand sehen durfte. Wenn neben Tante Menefees Nachwuchs noch andere Kinder gekommen wären, um mit Freddy zu spielen, während Mutter in einer manischen Phase war, und dann zu Hause von ihren Erlebnissen erzählt hätten, wäre das mit Sicherheit ihr letzter Besuch im Hause Barnes gewesen. Eine Horde Kinder, die mit Spitzhüten und Papierhörnern um den Eßtisch gestanden wäre, hätte ihr bestimmt den Rest gegeben. Wenn sie schon den Klang eines Löffels in einer Schüssel unerträglich fand, hätte sie Freudenschreie und Trompetenstöße erst recht nicht verkraftet.

Nachdem Mr. Barnes sie ins Bett gebracht hatte, kam er zurück und zerrte Freddy nach oben in sein Zimmer, wo er ihn so lange anschrie, bis mein Bruder zugab, ein bösartiger kleiner Mistkerl zu sein. Dann befahl er ihm, sich bei Mutter zu entschuldigen. Von Freddy weiß ich, daß er nie vergessen hat, was Mr. Barnes damals zu ihm sagte: »Entschuldige dich so, daß es klingt, als würdest du es ehrlich meinen. Sag ihr, daß es dir leid tut, so respektlos gewesen zu sein, und daß es nie wieder vorkommen wird. Sie liegt in ihrem Bett und weint sich die Augen aus. Kannst du sie hören? Hörst du sie? Daran bist du schuld! Wenn du jetzt hineingehst, verlegen von einem Bein aufs andere trittst und ›Verzeihung‹ stammelst, dann wäre das noch grausamer, als ihr gar keine Beachtung zu schenken.« Das war eine von Freddys ersten Erinnerungen an unseren Großvater. Ich lernte schon früh, daß Freddy ein willkommenes Ventil für Mr. Barnes' Unzufriedenheit mit sich und der Welt war, und gleichzeitig lernte ich, aus Selbstschutz nichts zu tun, was unserem Großvater mißfallen hätte.

2

Mutters manische Episode von 1967 dauerte nur sechs Wochen, aber was für sechs Wochen! Sie pendelte zwischen vernichtenden Abstürzen und ekstatischen Höhenflügen. Sie war besessen von mehreren Seriencharakteren, unter anderem von Dr. Bob Hughes und seiner Frau Kim aus *As the World Turns,* die beide darauf brannten, Mutter kennenzulernen. Sie war davon überzeugt, daß sie es schaffen würde, der weichlichen Kim ihren Bob auszuspannen. Der netten Kim. Nun, die nette Kim würde mit ansehen müssen, wie ihr der Mann weggeschnappt wurde. Bob würde sich unweigerlich zu Mutter hingezogen fühlen. Kim brauchte eine Woche Bedenkzeit, um zu entscheiden, ob sie in der Krankenhauskantine arbeiten wollte, um Bob näher zu sein. Sie hätte den Job annehmen sollen, aber nein, sie zögerte zu lange, und eine andere bekam ihn. Jetzt streifte ihr attraktiver Mann allein durch das Krankenhaus und spürte die Macht meiner Mutter. Es würde nicht mehr lange dauern. Bald würden Bob und Kim zum Essen kommen, und Bob würde beim Eintreten Mutters Hand küssen und sie dann quer über den Tisch anstarren.

Während dieser sechs Wochen erklärte meine Mutter meinem Vater immer wieder, daß er es einfach akzeptieren müsse, daß sie sich auf diesem Planeten befinde, um von allen Männern angebetet zu werden. Er könne sich nicht beklagen; er habe schließlich schon damals, als er sie heiratete, um ihre Einzigartigkeit gewußt. Die Männer, die sie im Fernsehen oder im Kino sah, spürten ihren Geist ebenso wie die Autoren der Bücher, die sie las: David Niven, Anthony Quinn, Maximilian Schell, John Steinbeck, Harold Robbins, Leon Uris, Irving Stone, Richard Burton, Chet

Huntley und David Brinkley. Einen besonderen Platz in ihrem Herzen, so sagte sie, nehme Robert Kennedy ein, und er empfinde genauso für sie. Wie Bob Hughes würde auch Robert Kennedy bald zum Essen kommen. Was Katholiken wohl aßen? Sie rief den Metzger im Colonial Store an und fragte ihn, was die Katholiken, die bei ihm einkauften, so aßen. Als er antwortete, er glaube, die Doyles seien seine einzigen katholischen Kunden, dankte sie ihm und rief die Doyles an. Mutter saß auf dem Küchenboden, den Telefonapparat auf dem Schoß, die Kochbücher um sich herum ausgebreitet, und führte eine seltsame Unterhaltung.

»Hier spricht Mrs. Frederick Barnes. Zu mir kommt demnächst ein Katholik zum Essen, und wie ich höre, sind Sie Katholikin, und als solche können Sie mir vielleicht sagen, was ich ihm zum Essen vorsetzen soll. Bestimmt ist es so ähnlich wie bei den Juden. Man darf nicht immer alles essen, was man gerade will.«

Mutter kaute an ihren Nägeln und hörte zu.

»Fisch, sagen Sie? Freitags immer Fisch. Ich hätte es wissen müssen. Mit Fisch kann ich also nichts verkehrt machen. Richtig?«

Mrs. Doyle, die wahrscheinlich erstaunt war, mit einer so seltsamen Frage behelligt zu werden, muß meiner Mutter versichert haben, daß Fisch das einzig Richtige sei, denn als Mutter den Hörer auflegte, sagte sie: »Fisch, Pearl. Wir servieren Fisch. Es muß etwas mit Jesus und den Brotlaiben zu tun haben. Ich werde frischen Fisch vom Strand heraufbringen lassen. Der Teufel soll mich holen, wenn ich ihm etwas aus dem Teich vorsetze. Dem Himmel sei Dank für die Flunder!«

Robert Kennedy würde also frische Flunder bekommen. Wegen Ethel würde sie sich allerdings etwas überlegen müssen. Dasselbe galt für die vielen Kinder. Egal, wie reich sie waren, es waren doch Kinder. Ethel mußte das alleinige Sorgerecht bekommen. Robert konnte bei uns einziehen und seine wichtigen Geschäfte von unserem Haus aus führen. Mutter würde ihn an unseren Rollschreibtisch aus Mahagoni setzen und eine Hotline nach Washington legen lassen. Er konnte eine Sekretärin mitbringen. Es würde sich schon ein kleiner Tisch für sie finden. Aber das war's dann. Keine Ethel. Und ganz bestimmt keine Kinder. Meine Mutter ließ sich durch die Tatsache, daß weder Bob Hughes noch Robert Kennedy noch Anthony Quinn noch Harold Robbins je vor unserer Tür erschienen, nicht aus der Ruhe bringen. Statt dessen vertrieb sie sich die Zeit mit Vater. Er war ein attraktiver Mann mit breiten Schultern, einem markanten Kinn und schwarzem, an den Schläfen leicht ergrautem Haar. Die vielen Jahre in der Sonne hatten seiner Haut die bleibende Bräune eines Farmers verliehen. Seine blauen Augen waren mit kleinen grünen Flecken gesprenkelt. Vielleicht hatte Mutter all die anderen Männer im Kopf, wenn sie meinen Vater während dieser sechs Wochen Morgen für Morgen schanghaite und ihn zwang, an der Tür ihres gemeinsamen Schlafzimmers einen Schnappriegel anzubringen.

Der Wunsch meines Vaters, Mutter zu helfen, in ihrem Leben ein wenig Frieden zu finden, führte zu meiner Empfängnis. Ich war ein experimentelles Baby. 1954, im Jahr meiner Empfängnis, beschloß mein Vater, daß ein Baby den Zustand meiner Mutter verbessern würde. Mein Bruder war über das Kleinkindstadium bereits hinaus; er mußte nicht mehr wie ein Baby bemuttert werden. Ein Säugling, so glaubte mein Vater, würde ihren Tagen einen Zweck und ein Ziel geben, etwas, worüber sie nachdenken konnte. Von ihrer ersten Schwangerschaft hatte er kaum etwas mitbekommen, weil er damals als Soldat in Japan war, aber wie er mir einmal erzählte, war ihr Gesundheitszustand stabil gewesen, solange Freddy ein Baby war. Mit der zweiten Schwangerschaft wollte er ihr ermöglichen, diese Erfahrung zu wiederholen. Er überzeugte sie davon, daß die Schwangerschaft und die anschließende Freude, ein süßes Baby auf dem Arm zu haben, ihrem Wohlbefinden nur zuträglich sein könnte.

Pearl war vom Gegenteil überzeugt. Sie erklärte meinem Vater, daß ein weiteres Baby meine Mutter vollständig und endgültig in den Wahnsinn treiben würde. Im Fall meiner Mutter waren zwei Babys zwei zuviel; aber Pearl hatte Verwandte in Jonesboro, die erst nach dem siebten oder achten Sprößling mehr Kinder hatten, als sie versorgen konnten. So faßten sie den Plan, den Haushalt zu entlasten, indem sie ihre arbeitsfähigen Kinder so schnell wie möglich in die Welt hinausschickten. Zwei Monate vor meiner Geburt beschloß Pearls Schwester, daß für eines ihrer mittleren Mädchen die Zeit reif war, und sie fragte in einem Brief an, ob unser Haus ein zusätzliches Paar Hände gebrauchen könne. Pearl schrieb sofort zurück und nahm ein vierzehnjähriges Mädchen unter Vertrag, Olive, die umgehend ihre Klamotten und einen zerfledderten Plüschhund in einen Pappkoffer packte. Es sei bereits alles unter Dach und Fach, erklärte Pearl meinem Vater. Während sie ihren Hut aufsetzte und zur Bushaltestelle aufbrach, um ihre Nichte abzuholen, verkündete sie, daß sie sogar schon den Lohn ausgehandelt habe. Wahrscheinlich hat Vater vor Verblüffung geblinzelt, während das alles an ihm vorbeischwirrte. Später erzählte er mir, daß er, nachdem Pearl weg war, überlegt habe, wieviel zusätzliche Arbeit ein neues Baby machen würde, und dankbar gewesen sei, daß Pearl von sich aus die Initiative ergriffen habe, oder zumindest die Hand ausgestreckt habe, um die Hilfe aufzufangen, die uns aus dem fünfzig Meilen entfernten Jonesboro zugeworfen wurde.

Von Pearl weiß ich, daß Mutter sich während ihrer ganzen Schwangerschaft sehr seltsam verhielt. Als ich bereits zu sehen war, ging sie auf die Hochzeit einer Kusine und bot den anderen Gästen ein schönes Schauspiel. Sie trug ein langes Umstandskleid, das sie selbst entworfen hatte, und als es ihr in der Kirche ein wenig kühl wurde, richtete sie sich kurz auf, zog den Rock ihres Kleides hoch und legte ihn sich wie einen Schal um die Schultern.

»Deine Mutter«, erzählte Pearl, »lehnte sich vor, um nach einem Gesangsbuch zu greifen, und die ganze erste Reihe der Empore konnte ihren Hüftgürtel sehen, in den sie sich so lange hineinquetschte, bis eines Tages der Gummi riß.«

Auch schien Mutter manchmal zu vergessen, daß ein Baby unterwegs war. Pearl ertappte sie mehrmals dabei, wie sie auf der obersten Stufe einer Leiter stand und ganz hinten in den obersten Fächern ihres Schranks wühlte. Pearl sagte dann zu ihr, sie solle heruntersteigen, weil sie sonst eine Fehlgeburt erleiden oder mich sonst irgendwie schädigen könnte, und meine Mutter antwortete: »O ja, richtig«, als hätte Pearl zu ihr gesagt, daß der Hut, nach dem sie suche, im Gästezimmerschrank sei, und nicht in ihrem eigenen. Sie fand auch nichts dabei, ihr Pferd zu satteln und den sandigen, meilenlangen Weg zu Mr. Barnes' Haus hinunterzureiten oder lange heiße Bäder zu nehmen, während Pearl mit einem Handtuch in der Tür stand und sie anflehte, aus der Wanne zu steigen, ehe sie dem Baby eine Seifenwasserinfektion bescherte. Als sie im achten Monat mit meinem Vater, meinem Bruder und Pearl einen Jahrmarkt besuchte, flehte sie den Kartenabreißer an, sie mit dem Karussell fahren zu lassen. Da weder er noch mein Vater das zuließen, stellte sie sich mit Pearl an die Seite und sah zu, wie mein Bruder und mein Vater herumwirbelten. Sie weinte, und Pearl kaufte ihr gebrannte Mandeln.

Als sie endlich begriff, wie sich die Sache verhielt, gelangte sie zu der Überzeugung, daß ich tot auf die Welt kommen würde, und weigerte sich, an einer Party teilzunehmen, die zu Ehren der werdenden Mutter gegeben werden sollte. Tante Menefee veranstaltete trotzdem eine Baby-Party, wenn auch bei sich zu Hause und ohne meine Mutter. Es war inzwischen ein fester Bestandteil ihres Wesens, sich in das Leben meiner Mutter einzumischen, wenn sie der Meinung war, daß diese durch ihren Wahnsinn handlungsunfähig war. Und da Tante Menefee im Grunde ein geistloser Mensch war – was mein Vater von ihr hielt, bekam ich schon als Kind mit, und als Erwachsene gelangte ich zu dem gleichen Urteil –, empfand sie Mutters Weigerung, sich auf einer kleinen Samstagnachmittagsparty feiern zu lassen, als persönliche Kränkung.

Tante Menefee lud alle Leute aus Bend of the River ein, von denen sie glaubte, daß sie kommen würden, angefangen von der Frau, die sich etwas darauf einbildete, schon einmal in New York gewesen zu sein, über die ältere Volksschullehrerin, die Männerhüte trug, bis hin zu den Britt-Zwillingen, die sich nur durch ihre Spitznamen voneinander unterschieden, Miss Näh-Britt und Miss Koch-Britt. Alle nahmen die Einladung an, wahrscheinlich, weil die Leute vom mysteriösen Geisteszustand meiner Mutter fasziniert waren. Die Frauen am Ort behandelten Maggie Barnes oft, als wäre sie eine Touristenattraktion, ein Wunder von der Größenordnung des Spaghetti-Mannes, der italienischen Leiche, die in der Leichenhalle in Laurinburg in einem Glaskasten ausgestellt war. Tante Menefee ließ wahrscheinlich von Zeit zu Zeit die Bemerkung fallen, daß es auf der ganzen weiten Welt keine besseren Freundinnen gab als diese Frauen, aber meine Mutter konnte so etwas nicht sagen. Ihre einzigen Freunde waren Pearl, mein Vater und dessen Vater. Tante Menefee stand mitten im Leben und begriff nie so richtig, wie krank Mutter tatsächlich war. Sie verstand nicht, wieso Mutter nie an irgendwelchen gesellschaftlichen Ereignissen wie Nähabenden, Barbecues oder Kaffeekränzchen teilnehmen konnte. Von Pearl weiß ich, daß Tante Menefee sie oft fragte, ob Maggie wieder einen ihrer Schwafelanfälle habe. Ihr war einfach unbegreiflich, wieso ein Maniküre-Termin in der Stadt Mutter nicht aufheiterte, wenn ihre Stimmung auf dem Tiefpunkt war, oder wieso ein schöner Urlaub an einem Ort wie dem Grove Park Inn keine beruhigende Wirkung auf ihren Geist hatte, wenn sie unter Hochspannung stand.

Wenige Tage, bevor ich auf die Welt kam, gab es im Haus noch immer keinen Platz für mich. Freddy trieb Pearl an, ein Plätzchen für mich herzurichten, weil er Angst hatte, aus seinem Zimmer vertrieben zu werden. Sie versicherte ihm, daß das Gästezimmer rechtzeitig zu meiner Heimkehr aus dem Krankenhaus mit Babysachen ausgestattet sein würde.

An dem Morgen, an dem Vater Mutter ins Krankenhaus brachte, ließ er Pearl mit einer Menge Arbeit zurück. Zusammen mit unserem Hausfaktotum Hubert, der von ihr seine Anweisungen bekam, bereits seit Freddys Geburt für uns arbeitete und gleichzeitig als Hausmeister, Gärtner und Chauffeur fungierte, trug sie den von Tante Menefee ausgeliehenen Wickeltisch mit integrierter Badewanne ins Haus, der bis dahin in einem Schuppen gestanden hatte, und holte das Kinderbett aus dem Keller. Pearl hatte bereits Stapel von Windeln und Plastikhosen gehortet. Zu den Geschenken, die bei der Baby-Party eingegangen waren, gehörten außerdem ein Bambi-Mobile, winzige Rüschenkleider, Schlafanzüge, Rasseln und vieles andere mehr. Jetzt wurde alles herausgeholt: aus Schachteln und Tüten, aus dem Keller, vom Speicher, aus allen möglichen Schränken. Pearl zufolge sah es im ganzen Haus aus wie am Heiligen Abend nach der Bescherung, nur daß mein Vater nicht panisch versuchte, ein Fahrrad zusammenzubauen. Als ich schließlich auf die Welt kam, hatte ich fast so etwas wie ein normales Kinderzimmer.

Als ich wegen meines Terminplans Schwierigkeiten hatte, meine zweite Tochter zu stillen, erzählte mir mein Vater, meine Mutter habe so wenig Milch gehabt, daß mich die Säuglingsschwestern im Krankenhaus zusätzlich mit einem Gemisch aus Zucker und Kondensmilch fütterten. Es hätte mir so gut geschmeckt, daß ich am dritten Tag nach meiner Geburt nichts anderes mehr trinken wollte. Mutter verfluchte die Schwestern, bezeichnete sie als Kindsentführerinnen, Schlampen und Huren und drohte, sich aus dem Fenster zu stürzen, wenn sie mich beim nächsten Mal nicht wieder an ihre Brust legen würden, ehe sie mich mit einem weiteren Fläschchen noch mehr von ihr entfremdeten. Sie erklärten sich einverstanden, und sie öffnete ihr Nachthemd, drehte sich auf die Seite und wartete, bis ihr die Schwester mich an die Brust legte. Vater sagte, ich hätte aufgeregt herumgesucht, meinen Mund um ihre Brustwarze geschlossen und nach ein paar wütenden Zügen zu heulen begonnen, weil ich wohl spürte, daß ich vertrocknen würde, wenn das noch lange so weiterging. Meine trüben neugeborenen Augen müssen vor Verzückung zu schielen begonnen haben, als die Schwester mich zurück ins Säuglingszimmer trug und mir den Sauger einer Flasche in den Mund schob. Mutter erklärte den Schwestern, daß sie mich während unseres weiteren Aufenthalts nicht mehr sehen wolle, und anschließend verkündete sie Vater, daß sie mich auf dem Heimweg abholen würden, als wäre ich ein Mantel oder ein Schirm, den sie bei der Gepäckaufbewahrung abgegeben hatte. Wenn ich sie nicht brauchte, blaffte sie, dann brauchte sie mich auch nicht. Vater gelang es nicht, ihr begreiflich zu machen, daß ich noch nicht wußte, wen oder was ich brauchte. Sie hörte ihm gar nicht zu, als er ihr erklärte, daß ich nur meinen Magen füllen wolle. Ihrer Meinung nach war das keine ausreichende Erklärung für mein Verhalten an ihrer Brust. Sie glaubte darin ein Zeichen zu entdecken.

Meine ablehnende Haltung ihr gegenüber, sagte sie zu Vater, nehme bereits unser zukünftiges Verhältnis vorweg. Sie fragte ihn tatsächlich, ob sie es nicht mit einem anderen Baby versuchen könnten, einem, das ihr vielleicht mehr Zuneigung entgegenbringen würde. Mich könne ja meine Tante Menefee haben. Ihre mütterlichen Instinkte waren ausgerechnet zu dem Zeitpunkt völlig blockiert, als sie sich eigentlich voll entwickeln sollten.

Mein Vater war Zeuge, wie Mutter deswegen von ihrer Zimmergenossin beschimpft wurde. Die Frau sagte Dinge wie: »Man braucht einen klaren Kopf, um ein Baby stillen zu können«, und: »In der Regel kann eine hysterische Frau nicht stillen, und Sie, meine Liebe, sind eine absolute Chaotin. Kein Wunder, daß Sie keine Milch haben. Wenn Sie Ihre Tochter auf diese Weise ernähren, ist es nur eine Frage der Zeit, bis sie ein Nervenbündel ist.« Sie sagte zu meinem Vater, er solle die Schwestern bitten, Mutter etwas zu geben, das sie ruhigstellen würde. Die Frau erklärte, sie habe vier Kinder, und sie habe sie alle gestillt, bis sie Zähne bekamen und sie bissen. Sie ließ meine Mutter immer wieder wissen, wie sehr die Fähigkeit einer Mutter, ihr Baby zu stillen, mit ihrem Gemütszustand zusammenhänge. Diese

Frau war wie ein Chor, in dem sich all die verschiedenen Stimmen aus dem Leben meiner Mutter zu einer einzigen Stimme vereinten und ihr erklärten, wieviel Freude sie empfinden könnte, wenn sie normal, glücklich und gesund wäre.

Als eine Frau von der Krankenhausverwaltung vorbeikam und meiner Mutter die Geburtsurkunde zur Unterschrift vorlegte, erklärte Mutter, daß ich Harriet heißen und Hattie genannt werden solle. Die Frau flüsterte Mutter etwas ins Ohr.

»Mrs. Barnes«, sagte sie, »Sie können das Kind doch nicht Hattie nennen! So heißen doch bloß kleine Niggerinnen!«

Mutter befahl der Frau, »Harriet« zu notieren, einen Namen, den mein Vater ausgesucht hatte, und als zweiten Vornamen Pearl. Die Frau schlug andere Namen vor, die damals beliebt waren, Namen wie Susan, Karen oder Elizabeth. Meine Mutter erklärte ihr, daß ich »Harriet Pearl« heißen solle, aber nachdem sie die Urkunde unterzeichnet hatte, drehte sie sich um und schluchzte in ihr Kissen.

Während der nächsten Stunden flehte sie ihre Zimmernachbarin an, ihr zu sagen, ob sie glaube, daß sie ihrem Baby einen häßlichen Namen gegeben habe und ob der Name tatsächlich nach einer Farbigen klinge. Sie nervte die Frau immer wieder mit der Frage: »O Gott, was habe ich bloß getan?«, bis ihre Nachbarin bat, in ein anderes Zimmer verlegt zu werden. Ihr Bett blieb leer. Meine Mutter lag von da an allein in ihrem Zimmer und weinte noch stundenlang wegen der zwiespältigen Gefühle, die mein Name in ihr hervorrief.

Ich hieß wie die Mutter meines Vaters, die im Büro desselben Krankenhauses tot umgefallen war, während mein Großvater ihre Rechnung bezahlte. Sie hatte eine Venenentzündung gehabt, die angeblich ausgeheilt war, aber während sie ruhig neben ihrem Mann stand und darauf wartete, nach Hause zu fahren, um Feigenmarmelade einzukochen und ihre Schar widerspenstiger Pfauen zu versorgen, wanderte ein Blutpfropfen zu ihrem Herzen. Ihr Tod kam für alle Anwesenden völlig überraschend. Mr. Barnes hatte als Genesungsgeschenk eine ganze Kiste nagelneuer Einmachgläser im Auto. Er ließ die Gläser auf dem Parkplatz des Krankenhauses stehen und erklärte seinen Söhnen noch am selben Nachmittag, daß er nicht gewillt sei, eine Sammlung enttäuschter Marmeladengläser in seinem Haus zu haben. So sehr mein Großvater meine Mutter auch verehrte, erfand er trotzdem eine ganze Reihe von Gründen, warum er sie und das neue Baby nicht im Krankenhaus besuchen könne. Der Highway, der in die Stadt führe, sei eine Rennbahn, eine gottverdammte Rennbahn, behauptete er plötzlich, und er werde sich dem bestimmt nicht aussetzen. Dazu kam, daß seine Augen ihm plötzlich Schwierigkeiten machten, so daß angeblich sein Blick verschwamm, wenn zuviel Gegenverkehr war.

Niemand drängte Mr. Barnes zu einem Besuch im Krankenhaus, weil niemand Mr. Barnes zu irgend etwas drängte. Niemand verlor ein Wort darüber, daß er tagtäglich im ganzen Land herumkurvte, um seine diversen Besitztümer zu inspizieren, und daß er jedesmal auf besagtem Highway fuhr, wenn er ein Treffen des Junior Order besuchte oder eine Ladung Tabak zum Markt begleitete. Ihn an diese Dinge zu erinnern, gehörte sich einfach nicht, genauso wie es sich nicht gehörte, ihn Großvater zu nennen. Jeder, der nicht das Privileg genoß, ihn Vater zu nennen, nannte ihn Mr. Barnes. Jede Art von Vertraulichkeit war ihm zuwider. Selbst seine Enkel hofften vergeblich auf ein wenig Nähe. Als Marshall vier war, kletterte er einmal auf Mr. Barnes'

Schoß, während dieser mit ein paar anderen Männern auf der Ladeklappe eines Lastwagens saß und wahrscheinlich über die hohen Kosten einer Hagelversicherung oder die niedrigen Preise für Schweine und Rinder diskutierte. Marshall wollte auf seinem kleinen Pferd in die Stadt reiten, aber Mr. Barnes sagte bloß: »Runter von mir!« und streckte sein Bein aus, so daß mein Cousin auf dem Boden landete und vor Überraschung nach Luft schnappte. Mr. Barnes' Freunde lachten über Marshalls Wagemut und rieten ihm feixend, Rodeoreiter zu werden.

3

Normalerweise stand Vater im Morgengrauen auf und arbeitete schon stundenlang für Mr. Barnes, wenn ich mit dem Bus in die Schule fuhr. Aber in der Phase, die Mutters Mißgeschick mit dem Auto voranging – in der Zeit, als sie ihn durch Schauspieler, Schriftsteller und Politiker ersetzte –, brachte sie ihn beinahe um. Manchmal stieg ich nachmittags aus dem Bus und ertappte ihn dabei, wie er in Khaki-Shorts und einem verknitterten Unterhemd durchs Haus wanderte, erschöpft und verloren wie ein alter Mann, der durch die Gänge eines Altersheims streift. Ich weiß noch, daß ich mich damals fragte, ob er vielleicht Grippe oder Mononucleosis hatte, eine Virusinfektion, die eine Freundin von mir einen Monat lang vom Unterricht ferngehalten hatte und die im Volksmund »Kußkrankheit« hieß. Ironischerweise wurde mir später klar, daß er tatsächlich an einer Art »Kußkrankheit« litt. Als ich an einem Samstagmorgen an der verschlossenen Schlafzimmertür meiner Eltern vorbeiging, fand ich heraus, warum er sich die ganze Zeit seufzend durchs Haus geschleppt hatte.

Mutter knurrte ihn gerade an, weil er das Zimmer verlassen wollte. »Du mußt schon zu Ende bringen, was du angefangen hast«, sagte sie.

»Aber das dauert doch den ganzen Tag, Maggie. Ich muß schließlich etwas arbeiten.«

»Zum Teufel mit der Arbeit! Komm her!«

Ich stand da und lauschte, und ich hörte sie beide stöhnen, als wären sie irgendwo festgebunden und würden versuchen, sich zu befreien. Aus ihren Stimmen klang eine Dringlichkeit und Tiefe, die ich noch nie gehört hatte, nicht einmal von Mutter, die wegen ihrer Krankheit eine große Bandbreite von Lauten in ihrem Repertoire hatte, angefangen von heiserem Lachen bis hin zu einem derben, kehligen Brüllen. Pearl, die gerade mit dem Staubsauger die Küchentreppe heraufkam, entdeckte mich und winkte mich zu sich. Sie lehnte den Staubsauger am Treppenabsatz gegen die Wand und forderte mich mit einer Handbewegung auf, ihr nach unten zu folgen. In der Küche angekommen, erklärte sie mir, daß sie umdisponiert habe: Sie würde das Staubsaugen auf später verschieben und statt dessen das Brot fürs Abendessen backen. Ich wollte wieder hinaufgehen, aber sie erlaubte es mir nicht.

Also setzte ich mich an den Küchentisch und dachte über das Stöhnen nach, während Pearl unter großem Gelärme die Zutaten für das Brot zusammensuchte. Sie stimmte ein lautes, ziemlich unmelodisches Lied über Jesus an. Trotzdem gelang es ihr nicht, die Geräusche von oben zu übertönen. Ich erklärte ihr, daß ich ein Schulbuch aus meinem Zimmer holen müsse, und sie antwortete, das habe später auch noch Zeit. Sie drohte mir, ja nicht nach oben zu gehen, ehe sie mir die Erlaubnis dazu gegeben habe. Sie sorgte dafür, daß ich beschäftigt war, indem sie mir ein Stück Teig zum Kneten gab, aus dem ich meinen eigenen Miniaturlaib formen durfte. Mir fiel auf, daß sie immer wieder nervöse Blicke zur Zimmerdecke warf, während sie ihren Teig bearbeitete. Ich fragte sie, ob es meinen Eltern gut gehe.

»Ihr schon. Ihm nicht«, antwortete Pearl.

»Was fehlt Vater denn?«

»Nichts, was sich nicht heilen ließe, wenn sie endlich mal ihre Hände bei sich behielte.«

An dem Tag erzählte mir Pearl, wie es dazu gekommen war, daß sie für meine Familie arbeitete. Dabei sprach sie sehr laut, um Mutters Geräusche zu übertönen, und das Fett an ihren Armen wabbelte und tanzte, während sie mit den Fäusten den Teig traktierte.

Sie sagte: »Ich habe damals für einen Mann in Sharpsburg gearbeitet, mußt du wissen, und eines Abends hörte ich im *Renfrow's Roasted Chicken*, daß dein Daddy Schwierigkeiten hatte, jemand für den Haushalt zu finden. Zwei Frauen, die kurze Zeit bei euch gearbeitet hatten, saßen an meinem Tisch. Sie erzählten mir von deiner Mutter. Sie sagten, daß sie entweder dauernd schlief oder gar nicht, und daß sie sie ständig am Hals hatten, bis es ihnen eines Tages zuviel wurde und sie kündigten. Ich sagte: ›Für mich wäre die Frau kein Problem!‹ Sie antworteten: ›Dann versuchen Sie's doch mit ihr!‹ Und das habe ich dann auch getan. Ich stand vor der Tür, dieser Tür hier, und sah deine Mutter durch den Glaseinsatz. Sie stand am Herd und warf alles, was im Haus war, in einen Topf. Sie sagte mir: ›Die Frau ist nicht ganz richtig im Kopf.‹ Das wußte ich sofort, als ich sie sah. Sie zappelte bloß hektisch herum. Ich trat ein, ohne anzuklopfen, und legte meine Hände auf ihre. Sie war gerade dabei, Gemüse zu schneiden, das sie über die gesamte Küchentheke verteilt hatte. Die ganze schöne Arbeitsplatte war schon ruiniert. Sie hielt inne, legte das Messer weg und setzte sich auf den Stuhl, den ich für sie heranzog. Sie hatte noch keinen Blick auf mich geworfen, aber sie vertraute mir. Verstehst du? Dann kam dein Daddy die Treppe runter. Ich reichte ihr die Zeitung und sagte: ›Sie sehen sich jetzt die Bilder an, Mrs. Barnes, während ich mit Ihrem Mann rede.‹ Da fing sie zu weinen an und schluchzte immer wieder, daß sie alles falsch mache.

›Das stimmt doch gar nicht‹, widersprach ich. ›Immerhin haben Sie da einen schönen Topf voll Essen auf dem Herd stehen. Sie waren sehr fleißig. Sie machen das schon richtig!‹

Sie sah sich wie befohlen die Bilder an, während ich mit deinem Vater redete. Er fragte nicht einmal, wer ich war. Er tat so, als wäre ich vom Himmel gesandt. Nachdem ich mich vorgestellt hatte, erklärte er mir, daß es leichtsinnig von mir war, Miss Maggie so nahe zu kommen, solange sie ein Messer in der Hand hatte. Ich erklärte ihm, daß ich in ein Zimmer im ersten Stock ziehen würde, um sie möglichst in meiner Nähe zu haben, und daß ich das Kochen übernehmen würde, sobald wir Miss Maggies Kreation gegessen hätten, falls sie überhaupt eßbar war, und daß ich das Haus von oben bis unten putzen würde, außerdem waschen, bügeln, nähen, einkaufen und den kleinen Jungen unterhalten, der zur Tür hereingelaufen kam und meinen Redeschwall unterbrach. Ich sagte deinem Vater, daß ich deine Mutter davon abhalten würde, sich oder jemand anderen zu verletzen, wenn sie krank war. Ich verkündete ihm außerdem, daß ich ein verläßliches Fahrzeug brauchte. Das war zwar ziemlich viel auf einmal, aber er hörte mir aufmerksam zu. Ich sah gleich, daß er ein kluger Mann war, wenn auch völlig überarbeitet und vor Sorge um seine Frau ziemlich am Ende.

›Ich werde nicht mit dem Wagen fahren, mit dem Sie Ihre Feldarbeiter herumkarren‹, verkündete ich. Ich erklärte ihm, daß ich etwas Respektables brauchte, und wenn er nicht das Geld hätte, um es zu kaufen, würde ich seinen eigenen Wagen benutzen, bis er die nötigen Mittel locker gemacht hätte. Dann sagte ich ihm, daß ich zwanzig Dollar die Woche wollte, obwohl ich wußte, daß andere Frauen nur zehn verdienten.

›Überlegen Sie nur, wie sehr Sie davon profitieren werden‹, erklärte ich ihm, ›wenn Sie zur Arbeit gehen können und sich nicht beim Anblick jeder schwarzen Rauchwolke fragen müssen, ob Miss Maggie gerade das Haus abbrennt!‹«

Gerade, als Pearl der Stoff ausging, weil die Geschichte ihrer Anstellung bei uns zu Ende war, gestattete Mutter Vater endlich, das gemeinsame Schlafzimmer zu verlassen. Er kam in die Küche herunter und bat Pearl, Miss Woodward anzurufen, die für seine Misere Verständnis hatte, und ihr zu sagen, daß er unterwegs zu ihr sei. Er fuhr zu ihr hinüber, um ein Nickerchen zu machen. Zu seinem Vater konnte er nicht, weil er ihm sein Problem nicht hätte anvertrauen können, ohne sich anhören zu müssen, wie wenig er es verstehe, sich angemessen um meine Mutter zu kümmern. Und zu seinem Bruder wollte er wahrscheinlich nicht, weil dort ein Haus voll lärmender Kinder auf ihn wartete. Er benutzte Miss Woodwards ordentliches kleines Haus als Zufluchtsstätte, wo er sich von Mutters Ausschweifungen erholen konnte. Inzwischen weiß ich, daß er vor zuviel Sex floh. Ich bezweifle allerdings, daß er Miss Woodward genau gesagt hat, warum er sie aufsuchen mußte. Bestimmt hätte er so etwas nicht mit einer Frau besprochen, egal, wie nahe sie der Familie stand. Wahrscheinlich begründete er dieses Gästezimmer-Arrangement damit, daß er einen Ort brauche, an dem er sich von Mutters Krankheit erholen müsse, weiter nichts. Miss Woodward war nicht die Art Frau, die ihn mit

Fragen bombardiert hätte. Sie war immer bereit, sowohl meinen Vater als auch Onkel Lawrence bei sich aufzunehmen, der sich regelmäßig mit Tante Menefee stritt und sich dann vorübergehend gezwungen sah, sein eigenes Haus zu verlassen.

Ich hatte einmal einen kurzen Blick in Miss Woodwards Gästezimmer geworfen und stellte mir vor, wie Vater in dem großen Doppelbett schlief, zugedeckt mit einer weißen Chenilledecke. Ich malte mir aus, daß er so weit unter die Decke schlüpfte wie nur irgend möglich. Wahrscheinlich wäre er am liebsten ganz darunter verschwunden, um sich schlafend von seinen Strapazen zu erholen, dachte ich. Ich erinnere mich daran, daß Pearl meist nach einer Weile anrief, um zu hören, wie es ihm ging. Oft bekam sie zur Antwort, daß er zwar wach sei, aber nicht nach Hause kommen wolle, bis er sicher wisse, daß Mutter eingeschlafen sei. Nach einer Stunde oder so rief Pearl wieder an und versicherte Vater, daß die Luft rein sei.

Pearl zufolge schlich er sich dann wie ein Dieb in sein eigenes Haus.

Als ich schließlich verstand, was mit meinem Vater los war, fühlte ich mich zunächst durch die Roheit des Ganzen abgestoßen; als ich dann verheiratet war und selbst genug über Sex wußte, war ich erstaunt darüber, was für ein Energiebündel meine Mutter gewesen sein mußte. Sie hatte ihre Emotionen nur unter Kontrolle, wenn sie gesund war. Dann trug sie weiße Handschuhe, wenn sie in die Kirche ging, und schlug die Beine züchtig übereinander. Man hätte meinen können, sie käme geradewegs aus dem Mädchenpensionat. Aber das war nur in ihren kurzen Intervallen geistiger Gesundheit so. Ansonsten konnte sie ausgesprochen wild sein. Ich stellte mir vor, wie sie sich, angetan mit einem Negligé, aufs Bett zurücksinken ließ und meinen Vater mit dem Zeigefinger herbeizitierte, während er sie anflehte, ihm eine kleine Erholungspause zu gönnen. Ich malte mir aus, wie er immer wieder nachgab, weil sie so stark war, daß er ihr nicht widerstehen konnte. Ich nahm an, daß ihre Schönheit seine Widerstandskraft schwächte. Und wahrscheinlich beneidete ich die beiden um ihre Intimität. Mutter und ich hatten nichts, was man mit ihrer Beziehung zu meinem Vater hätte vergleichen können. Die beiden waren eine Einheit, mein Bruder und ich nur Anhängsel. Bezeichnenderweise faßte sie uns nur ganz selten an. Meistens beschränkten sich ihre Zärtlichkeiten darauf, daß sie uns geistesabwesend mit den Fingern durchs Haar fuhr, wenn sie sich mit meinem Vater oder Mr. Barnes unterhielt und wir zufällig danebenstanden.

4

Mr. Barnes war ein wohlhabender Mann, ein ländlicher Kapitalist. Ihm gehörten fünfhundert Morgen Land, und in Bend of the River wurde gemunkelt, daß er auf der People's Bank eine Viertelmillion Dollar liegen habe. Obwohl das Thema in der Familie nie zur Sprache kam, war er Besitzer eines anrüchigen Spielsalons, der immer phänomenal viel abgeworfen hatte, weil an der Hintertür tagtäglich – und vor allem sonntags – geschmuggelter Whisky verkauft wurde. Während des Baubooms der Nachkriegsjahre teilte er den Erlös aus dem Verkauf riesiger Walnußbaumbestände zwischen seinen beiden Söhnen auf. Er verkaufte das Land, auf dem später ein regionaler Flughafen gebaut wurde, und er handelte einen guten Preis für den Zugang zum neuen Wasserreservoir des Distrikts aus, der über sein Land führte. Er schien immer zur richtigen Zeit die richtige

Immobilie zu besitzen. Die Barnes waren wahrscheinlich die einzige Farmersfamilie im östlichen Teil von North Carolina, die Angst davor hatte, daß irgendwann ein Familienmitglied gezwungen sein würde, ins Finanzgeschäft einzusteigen.

Mein Vater war Gutsbesitzer. Hätten wir in der Stadt gelebt, hätte meiner Familie die Eisenwarenhandlung, der Drugstore, das Autogeschäft, ein oder zwei Wohnhäuser und möglicherweise ein kleines Kaufhaus gehört. Hätten wir statt im zwanzigsten Jahrhundert in der Mitte des neunzehnten gelebt, dann wäre unsere Farm als Plantage bezeichnet worden, das Haus als Haupthaus, die Pächter als Sklaven und meine Mutter als typische, nervöse Matriarchin, die unter seltsamen Anfällen litt.

Mr. Barnes hatte keine hohe Meinung von den Fähigkeiten seiner beiden Söhne. Er behandelte meinen Vater und Onkel Lawrence, als wären sie Faulenzer und Drückeberger, die man ständig zur Arbeit anhalten mußte. Wenn sie etwas sagten – ihn beispielsweise über etwas auf der Farm informierten –, tat er immer so, als würden sie lügen. Er wollte Beweise dafür, daß eine Ladung Tabak tatsächlich zu einem bestimmten Preis verkauft worden war, Beweise, daß das Getreide tatsächlich bewässert werden mußte oder daß man mit bestimmten trunksüchtigen Angestellten nicht rechnen konnte, weil sie am Montagmorgen noch betrunken in der Stadt lagen.

Der leicht hinkende Gang meines Vaters war durch die Furcht vor seinem Vater zustandegekommen. Mit zwölf Jahren setzte er sich auf ein noch nicht zugerittenes Pferd, obwohl man ihm befohlen hatte, dem Tier nicht zu nahe zu kommen. Als er herunterfiel und sich den Knöchel anknackste, hatte er Angst davor, es seinem Vater zu sagen, und ging nicht zum Arzt. Onkel Lawrence, der ein Jahr älter ist als mein Vater, richtete den Knöchel ein und bandagierte ihn mit Holz und Rohleder. Vater schnürte seine festen Lederstiefel so eng wie möglich und zwang sich während der nächsten zwei Monate, in Anwesenheit seines Vaters nicht zu humpeln. Als es schließlich doch herauskam und er seinem Vater erklären mußte, warum er hinkte, wurde er sofort zu einem Arzt gebracht, der den Knöchel neu einrichtete und in Gips legte. Wieder zu Hause, bekam Vater eine kräftige Tracht Prügel mit einem Lederriemen.

Als Onkel Lawrence einmal im Bett mit seinen Malsachen spielte und dabei Tusche übers Bettuch schüttete, gab er der Waschfrau fünfzig Cent, damit sie das Laken verschwinden ließ und durch ein sauberes ersetzte, ohne seinem Vater ein Wort zu verraten. Weder mein Vater noch Onkel Lawrence hätten sich ihrer Mutter anvertrauen können, weil sie keine Geheimnisse vor ihrem Ehemann hatte, nachdem sie alle Erziehungsgewalt an ihn abgetreten hatte, sobald ihre Söhne keine Windeln mehr trugen. Von meinem Vater weiß ich, daß er und sein Bruder sich nie sicher waren, inwieweit sie ihr von ihren Schwärmereien, Schulhofrangeleien und ähnlichem erzählen konnten, weil sie fast alles ihrem Vater berichtete. Beide Jungen behandelten sie mit zärtlichem Respekt, erzählten ihre Geheimnisse aber lieber einander oder der Waschfrau.

Als seine beiden Söhne heirateten, baute ihnen Mr. Barnes je ein Duplikat seines eigenen Hauses, nur kleiner. Er ging sogar soweit, neben beiden Häusern einen gepflegten Garten mit einem spaliergeschmückten Eingang anzulegen, den er mit Knollen und Ablegern aus dem riesigen Garten meiner Großmutter bestückte. Seinem Entwurf entsprechend hatten die Häuser einen Haupteingang, der in einen formellen Empfangsraum führte, aber alle kamen und gingen durch die Hintertür, die auf eine weite Veranda mit französischen Fenstern hinausging. Auf unserer Veranda standen drei Metall-Liegestühle mit grünen Baumwollkissen. Manchmal machte mein Vater nach dem Mittagessen auf einem davon ein kurzes Nickerchen, meist nicht länger als zehn oder fünfzehn Minuten, weil Mr. Barnes ihn zur Arbeit zurückerwartete. Über die Veranda gelangte man in die Küche, den größten Raum des Hauses. Zusätzlich zu unserem normalen Herd hatten wir einen Ziegelofen, genau wie Mr. Barnes in seinem Haus. Das einzige, worin sich unser Haus von seinem unterschied, war die Möblierung. Meine Mutter beschloß, das Haus im Kolonialstil einzurichten. Sie machte sich systematisch an die Arbeit, bis das Haus fast aus den Nähten platzte. Mr. Barnes' Haus war viktorianisch möbliert; die Familie meiner Großmutter hatte die Einrichtung aus Virginia mitgebracht. Er sorgte dafür, daß die Möbel zweimal im Jahr gesäubert und geölt wurden. Er konnte es nicht ausstehen, wenn die Kinder irgend etwas anfaßten.

Am Weihnachtsabend 1941 – meine Mutter war damals einundzwanzig – hielt mein Vater um ihre Hand an. Er war gerade in die Armee eingezogen worden. Die beiden beschlossen sich zu verloben, das Ende des Krieges abzuwarten und erst dann zu heiraten. Mutter hat mir einmal erzählt, daß sie sich nicht den Rest ihres Lebens als Kriegsbraut sehen wollte. Sie wollte sicher sein können, daß sie weder aus Verzweiflung noch aus Zeitdruck diesen Schritt getan hatte. Mutter muß damals völlig gesund gewesen sein. Hätte sie eine manische Phase durchlebt, wäre sie nicht in der Lage gewesen, die Hochzeit hinauszuschieben. Wäre sie depressiv gewesen, wäre sie nicht in der Lage gewesen, den Antrag meines Vaters anzunehmen. Er hatte keine Angst, daß sie ihm davonlaufen würde. Er vertraute ihr. Nur in ihren Träumen oder während eines manischen Anfalls hätte sie sich jemals einen anderen als meinen Vater vorstellen können. Da sie schon ihr ganzes Leben befreundet waren und Vater außerordentlich viel Geduld für ihr flatterhaftes Wesen aufbrachte, waren sie beide der Meinung, besonders gut zusammenzupassen.

Nach ihrem High-School-Abschluß hatte Mutter im Büro eines Versicherungsvertreters in Nashville gearbeitet. Ihr stabiler Gesundheitszustand erlaubte ihr damals, einer geregelten Arbeit nachzugehen, obwohl die Depression damals schon an ihr zu nagen begann. Sie kam von der Arbeit nach Hause, aß etwas und ging früh zu Bett, weil sie glaubte, daß ihre Lethargie einfach auf Müdigkeit zurückzuführen war. Bis mein Vater ins Ausbildungslager mußte, trafen sie sich jedes Wochenende, und oft saßen sie zusammen im Wohnzimmer ihrer Eltern, während sie auf dem Sofa döste.

Mr. Barnes war immer zur Stelle, um die Beziehung aufrechtzuerhalten, wenn sie zu erlahmen drohte. Während Vaters Abwesenheit besuchte er Mutter regelmäßig und holte sie jeden Freitag vom Büro ab, um sie zum Mittagessen auszuführen. Ich glaube, er sah in meiner Mutter, was er in seiner eigenen Frau nicht sah: etwas Abenteuerliches in einem sonst so normalen ländlichen Leben, einen Gemütszustand, der fast etwas Gefährliches hatte. Meine Mutter stand oft am Rand einer emotionalen Katastrophe und brauchte dann jemanden, der sie zurückriß. Was sie betraf, gab es immer etwas zu tun. Mr. Barnes' Frau brauchte keine Betreuung, während meine Mutter in dieser Hinsicht eine große Herausforderung darstellte. Selbst an ihren normalsten Tagen war sie für ihn interessanter als all seine anderen Nachbarn. Im Gegensatz zu sämtlichen anderen Mitgliedern der Gemeinde wagte sie mit Mr. Barnes zu sprechen, als wäre sie ihm ebenbürtig, und von meinem Vater und ihm erforderte es fast so etwas wie künstlerisches Geschick, tagtäglich mit ihr auszukommen. Ich glaube, Mr. Barnes genoß die Herausforderung genauso, wie er die nächtelangen Pokerrunden in seinem Spielsalon genoß. Er schloß seine Schwiegertochter bereitwillig in die Arme.

Trotzdem glaube ich nicht, daß sie sich hätte überreden lassen, meinen Vater zu heiraten, wenn sie es nicht gewollt hätte. Ein Mädchen, das fünf Highballs trinken und meinen Vater anschließend immer noch diskret durch einen perfekten Jitterbug führen konnte, war nicht die Sorte Mädchen, die sich gegen ihren Willen in eine Ehe drängen ließ. Ich stelle mir gerne vor, daß sie und mein Vater durchgebrannt wären, wenn Mr. Barnes der Verbindung nicht zugestimmt hätte. Allerdings hätte sich dann die Frage gestellt, wie Vater ihren Lebensunterhalt verdient hätte. In dieser Hinsicht war er völlig von Mr. Barnes abhängig. Die Eltern meiner Mutter sahen in der Ehe ihrer Tochter das, was man heute einen sozialen Aufstieg nennen würde. Angesichts von Mr. Barnes' Land und Geld mußten sie sich um ihre Tochter keine Sorgen mehr machen. Sie war mehr als gut versorgt. Sie kamen beide ums Leben, als meine Eltern noch keine zwei Jahre verheiratet waren. Ein entgegenkommender Autofahrer geriet ins Schleudern und rammte ihren Wagen frontal. Mein Vater erzählte mir, daß Mutter in einen Zustand absoluter Verzweiflung versank, der monatelang anhielt.

Ihm zufolge trat Mutters Krankheit bereits im ersten Jahr ihrer Ehe zutage. Eines Morgens im Herbst, erzählte er mir, ertappte er sie dabei, wie sie im Garten vor einer Kiefer kniete und die heruntergefallenen Nadeln zu einem exakten Kreis anordnete. Ich habe mich immer gefragt, ob sie wohl geweint hat, als der Wind ihn auseinanderblies. Vater führte sie zurück ins Haus, und von dem Moment an fühlte er sich als ihr Aufpasser.

Onkel Lawrence und Tante Menefee dagegen heirateten wegen eines dringlichen, aber – außer im wörtlichsten Sinn – unkreativen Umstands: Tante Menefee war schwanger. Mein Cousin Marshall war ein »Frühchen«, wie man in der Gegend zu den Kindern sagte, die einen Tick zu früh auf die Welt kamen. Tante Menefee hielt mit ihrer Meinung nicht zurück, daß Mr. Barnes meine Mutter verhätschelte, indem er sich regelmäßig um ihre überzogenen Konten und unbezahlten Rechnungen kümmerte. Auch wenn sich meine Tante nie direkt dazu äußerte, bemerkte sie doch häufig, daß ihre kleine Familie Mr. Barnes nicht auf der Tasche liege. Aber mein Großvater schenkte ihren Worten keinerlei Beachtung. Oft ignorierte er sie völlig, wenn meine Mutter in der Nähe war. Dabei war Tante Menefee nicht unattraktiv, und auch keineswegs eine so unerträgliche Nervensäge wie die schwangere Schwester in *Die Katze auf dem heißen Blechdach,* die sich mit ihrer eigenen Maggie herumschlagen mußte. Sie war bloß ziemlich gewöhnlich, mit einer gewissen Tendenz zur Boshaftigkeit. Mr. Barnes und meine Mutter dagegen bewegten sich in einer Aura besonderer Privilegien – er aufgrund seines herrischen Wesens und sie wegen ihrer krankheitsbedingten Stimmungsschwankungen. Mr. Barnes' Lieblingsausdruck war »Allmächtiger!« Er sagte gern Dinge wie: »Allmächtiger, mich soll der Teufel holen, wenn Fliegen keine verabscheuungswürdigen Wesen sind!« Und unzählige Male habe ich ihn sagen hören: »Allmächtiger, Maggie, heute siehst du aber wieder hübsch aus!« Hätte bloß noch gefehlt, daß sie sich für ihn im Kreis gedreht hätte.

Nachdem Mutter die Frau angefahren hatte, entließ der Richter sie in die Obhut von Mr. Barnes, der sie nach Hause fuhr. Vorher hatte er Pearl angerufen und sie gebeten, sich bereitzuhalten. Freddy lief auf die Felder hinaus und verständigte Vater, der kurze Zeit später vor der Tür Stellung bezog und auf sie wartete. Es war, als ob ein Zirkustier geliefert würde, ein Tiger oder ein Löwe, und alle Dompteure müßten mit ihren Peitschen bereitstehen. Vater brauchte beide Hände, um sie ins Schlafzimmer zu zerren, und während er sie die Treppe hinauf und den Gang entlang zog, trat sie ihm die ganze Zeit gegen die Schienbeine. Mr. Barnes ging hinter ihnen, für den Fall, daß sie versuchen sollte, die Flucht nach hinten anzutreten. Ich folgte ihnen in sicherer Entfernung. Im Schlafzimmer angekommen, ließ Vater sie aufs Bett fallen und rief unseren Hausarzt an. Mr. Barnes bewachte sie, bis der Arzt mit seiner schwarzen Tasche ankam, in der Mutter ein Gewehr mit Betäubungspfeilen vermutete. Ihre Schreie waren im ganzen Haus zu hören. Mr. Barnes hielt sie fest, während der Arzt sie untersuchte.

»Ihr wollt alle, daß es mir wieder schlecht geht!« kreischte sie. »Das könnte euch so passen! Aber da habt ihr die Rechnung ohne den Wirt gemacht, ihr Hurensöhne! Wenn ihr glaubt, ihr könnt mir eine Woche lang schöntun und mir in der nächsten Woche diesen gottverdammten Quacksalber ins Schlafzimmer schicken, dann habt ihr euch aber getäuscht! Stimmt, ich habe sie angefahren! Und ich werde es wieder tun! Das Luder wollte mir schließlich meine Seele stehlen! Frederick, komm her und bring mich hier raus! Schaff diesen Hurensohn von einem Quacksalber und seine verdammte Spritze aus meinem Schlafzimmer. Glaubt bloß nicht, daß ich mir das gefallen lasse. Schaff diesen Menschen hier raus, Frederick! Er versucht, mir in die Bluse zu sehen! Schaff ihn raus!«

Vater war in sein Arbeitszimmer gegangen und telefonierte mit seinem Anwalt. Als ich alt genug war, um solche juristischen Dinge zu verstehen, erklärte mir mein Vater, daß die Frau immer schlimmere Vorwürfe gegen meine Mutter erhob. Ich saß im Arbeitszimmer auf dem Sofa und hatte die Hände unter die Oberschenkel geschoben. Ich weiß noch, wie kalt meine Hände waren. Allmählich bekam ich Angst, daß man uns Mutter wegnehmen und sie nie wieder zurückkommen würde. Wenn ich kalte Hände habe und sie mit meinem Körper wärme, muß ich noch heute daran denken, wie Vaters Stimme klang, als er mit dem Anwalt sprach, und wie seine Finger auf der Schreibtischplatte zitterten. Er muß damals das gleiche gedacht haben wie ich: daß man sie in eine Zwangsjacke stecken und aus dem Haus schleppen würde. Ich kannte Zwangsjacken aus Fernsehfilmen, die ich mir verbotenerweise mit meinem Bruder angesehen hatte. Dann bekam ich plötzlich Angst, daß ihre Aufregung in einen richtigen Anfall umschlagen könnte. Ich hatte von einem Jungen gehört, der auf dem Schulhof einen so schlimmen Anfall gehabt hatte, daß jemand in die Cafeteria laufen und einen Löffel holen mußte, der ihm in den Mund geschoben wurde. Ich überlegte, ob ich vorsichtshalber in die Küche laufen und einen Löffel für meine Mutter holen sollte, falls sie versuchen würde, ihre Zunge zu zerbeißen. Aber meine Angst war so groß, so übergroß, daß sie mich auf meinem Sitz niederdrückte. Ich war unfähig, mich zu bewegen. Ich weiß noch, daß irgendwann Onkel Lawrence eintraf und mich fragte, wo meine Mutter und sein Vater seien. Ich deutete zur Zimmerdecke. Er rannte nach oben. Wäre Vater zum Nachdenken gekommen, hätte er mich bestimmt in mein Zimmer geschickt. Pearl saß heulend in ihrem Zimmer und machte sich Vorwürfe, weil sie Mutter hatte entwischen lassen. Niemand hatte Zeit, sie zu trösten. Ich beschloß mich um sie zu kümmern, sobald ich alles gehört hatte, was Vater am Telefon zu seinem Anwalt sagte.

»Herrgott noch mal, Daniel!« stöhnte er gerade. »Sie kann doch nichts dafür. Das kommt alles bloß durch ihre Krankheit. Sie ist uns entwischt, und diese Frau war einfach zur falschen Zeit am falschen Ort.«

Mein Vater hörte einen Moment zu, ehe er weitersprach. »Du weißt genau, daß sie nicht versucht hat, das verdammte Weibsstück umzubringen. Ist sie immer noch hysterisch? Wie schlimm ist das mit ihrer Hüfte?«

Der Anwalt sagte wieder etwas, und plötzlich fing mein Vater an, ins Telefon zu weinen. Ich hatte ihn noch nie weinen gesehen. In letzter Zeit war er wegen Mutters Zustand oft so frustriert gewesen, daß Tränen durchaus angebracht gewesen wären, aber er hatte keine einzige vergossen. Stattdessen hatte er das Schluchzen, Kreischen und Jammern Mutter überlassen. Er selbst litt still, sagte höchstens mal: »Herrgott noch mal!« oder: »Ich bin nicht mein eigener Herr.« Den Großteil meines damaligen Durchhaltevermögens verdankte ich ihm. Wäre er unter der Last von Mutters Krankheit zusammengebrochen, hätte ich es wahrscheinlich auch getan. Daß ich an diesem Tag Zeuge seines Zusammenbruchs wurde, zog mir richtig den Boden unter den Füßen weg. Er war kein schwacher Mann, und er war auch kein Mann, der zu Gefühlsausbrüchen neigte. Dafür saßen seine Gefühle viel zu tief. Ich wußte, daß Mutters Problem wirklich riesig sein mußte, wenn sogar er weinte.

Er begann wieder zu reden. »Nicht so krank wie diesmal. Nicht so schlimm. Es ist noch nie so außer Kontrolle geraten wie diesmal.«

Wieder hörte er zu. Er zog sein Taschentuch heraus und schneuzte sich.

»Glaubst du wirklich, daß es so weit kommen wird? Wo wollen sie sie unterbringen?«

Der Anwalt muß geantwortet haben, daß man sie ins Dorothea Dix schicken wolle, die staatliche Anstalt in Raleigh.

»Herrgott noch mal, Daniel«, ereiferte sich Vater. »Dorthin kommt sie mir auf keinen Fall. Ich bringe sie ins Duke. Sieh zu, daß das in Ordnung geht, ja?«

Es ging in Ordnung. Man würde sie ins Duke einweisen. Mutter mußte nicht ins Irrenhaus, das zugleich als Ausnüchterungsanstalt für Betrunkene diente. Zumindest hatte ein Kind, das ich kannte, das Gerücht verbreitet, daß Luther Pipkins Vater zum Ausnüchtern im Dix war. Ich wollte auf keinen Fall, daß meine Mutter mit Leuten wie dem fetten, schmierigen, ständig fluchenden Mr. Pipkin verkehren mußte.

5

Zwölf Jahre früher, nachdem die Schwestern auf der Säuglingsstation meinem Vater erklärt hatten, daß man ihm einen höheren Tagessatz berechnen werde, bis Mutter sich wieder gefangen habe, hatte er die Farm für ein paar Tage der Obhut eines Vorarbeiters überlassen und war rund um die Uhr bei meiner Mutter geblieben. Er wußte, daß er zur Stelle sein mußte, falls sie tatsächlich ausrastete und etwas anstellte. Obwohl sie im Krankenhaus eigentlich bloß die Schwestern ärgern konnte, die gezwungen waren, sich um ihr neugeborenes Baby zu kümmern, befürchtete Vater trotzdem, daß sie auf dumme Gedanken kommen könnte, weil sie schon so oft verkündet hatte, was sie tun würde, wenn man ihr freie Hand ließe. Ihm zufolge drohte sie immer wieder, sich zu erschießen, zu ertränken, zu ersticken oder mit Gas zu töten. Ihre harmloseste Drohung war, von zu Hause wegzulaufen.

Ihr Gynäkologe diagnostizierte bei ihr eine Wochenbett-Depression, und erklärte meinem Vater, daß seine Anwesenheit ihr nicht gut täte. Er meinte, es sei ein »vorübergehender Anfall«, von dem sie sich erholen würde, sobald sie wieder zu Hause sei und alles seinen gewohnten Gang gehe. Ich frage mich, wie es dieser Gynäkologe geschafft hat, meine Mutter in den Monaten vor meiner Geburt immer wieder zu untersuchen, ohne zu bemerken, daß sie höchst ungewöhnlich war. Ihre fixe Idee, daß ich tot auf die Welt kommen würde, schrieb er wahrscheinlich irgendwelchen Hormonschwankungen zu. Ich finde es erstaunlich, daß er meinen Vater während der Schwangerschaft nie angerufen hat, um ihm mitzuteilen, er habe nebenbei eine Geisteskrankheit diagnostiziert. Ich stelle mir vor, wie meine Mutter auf dem Untersuchungstisch flach auf dem Rücken liegt, während der Arzt ihren großen Bauch abtastet. Ich kann fast hören, wie sie zu ihm sagt: »Das Baby da drin ist tot. Was meinen Bauch so aufbläht, ist bloß Gas.« Was er sich dabei wohl gedacht hat? Offenbar war er in dieser Hinsicht nicht besonders kompetent, so daß ich mich wahrscheinlich glücklich schätzen sollte, überhaupt in einem Stück auf die Welt gekommen zu sein.

Der Arzt erklärte meinem Vater außerdem, es komme gelegentlich vor, daß eine Mutter ihr Kind anfangs ablehne. »Es gibt keine Regel, die besagt, daß eine Frau ihr Baby von der ersten Minute an vergöttern muß. Die ganze Erfahrung ist ein ziemlicher Schock für alle Beteiligten, und so manche Frau empfindet die ersten paar Tage nach der Geburt als enttäuschend. Hinterher nimmt sie ihr Baby mit nach Hause, lernt es ein wenig kennen, und schon bald gurrt sie ihm ins Ohr und zählt Finger und Zehen wie jede andere

Mutter auch«, meinte er. Meine Mutter, so weissagte er, würde schon nach einer Woche vergessen haben, daß sie mich anfangs nicht hatte sehen wollen. Auch er war der Meinung, daß ich am besten mit der Flasche gefüttert werden solle, da ihr das Stillen so große Schwierigkeiten bereitete. Optimistisch, wie Vater trotz allem war, wollte er, daß sie es weiter versuchte. Der Arzt gab sein Einverständnis. Er wies Vater an, all ihre Wünsche zu erfüllen und sicherzustellen, daß sie bei der Babypflege ausreichend Hilfe hatte. Überanstrengung könne dazu beitragen, daß eine solche postnatale Depression sich hinauszögere und verschlimmere.

Wenn sie nicht gerade eine ihrer manischen Phasen durchlebte, hatte Mutter noch nie irgend etwas Anstrengendes getan, zumindest nicht, seit Pearl eingestellt worden war. Im Frühjahr und Sommer überwachte sie, wie Pearl tagtäglich zwanzig bis dreißig Farmarbeiter verköstigte. Zu diesem Zweck waren unter dem großen Pekannußbaum in unserem Garten Picknicktische aufgestellt worden. Die Männer satt zu bekommen und hinterher wieder aufzuräumen nahm den größten Teil von Pearls Tag in Anspruch. Oft hatte sie mich auf der Hüfte, wenn sie ihre Arbeit tat. Pearl schleppte mich auch dann noch jeden Tag durch Haus und Garten, als ich schon so groß war, daß ihr meine baumelnden Beine bis an die Knie reichten. Ich weiß noch, daß sie mich gerade durchs Haus trug, als ich mir in den Mund faßte und meinen ersten Zahn herauszog. Sie entschädigte mich dafür, daß meine Mutter mich so selten anfaßte.

Normalerweise mußte Pearl eine Nachtschicht einlegen, wenn Stopfarbeiten anstanden oder Marmelade gekocht werden mußte. Im Winter, wenn die Farmmannschaft auf ein paar Männer reduziert war, die das Vieh versorgten und die Zäune flickten, hatte Mutter überhaupt nichts zu tun.

Pearl versuchte immer, die Zeit, die sie dadurch einsparte, daß weniger Leute zu verköstigen waren, auf sinnvolle Weise zu nutzen; sie mistete die Schränke aus, wachste die Holzböden, ölte die Möbel und erledigte ähnliche Dinge. Mutter dagegen bemühte sich gar nicht erst, irgendwelche Aufgaben für sich zu finden. Es sei denn, sie machte gerade eine manische Phase durch. Von Vater weiß ich, daß sie einmal, als sie krank war – Freddy war damals erst vier, und es gab noch keine Pearl, die auf sie aufgepaßt hätte –, Hubert dazu gebracht hatte, jeden Messingtürknauf im Haus abzuschrauben und zu polieren. Die Knaufe waren leichter zu entfernen als wieder anzubringen, so daß seit diesem Tag viele Türen nicht mehr richtig schlossen. Mutter machte jeden Nachmittag ein ausgiebiges Nickerchen, und wenn es ihr gut ging, schlug sie sich anschließend mit Kesselflikkern, Messerschleifern oder dem Süßwarenhändler herum, der auch Perücken verkaufte, oder mit den Zeugen Jehovas und dem steten Strom trunksüchtiger Tagelöhner, die vor unserer Haustür auftauchten, um von meinem Vater einen Dollar zu ergattern. Sie setzte sich mit den Kindern der Pächter auf die Treppe hinter dem Haus, entfernte Splitter aus ihren Füßen oder brachte ihnen das Addieren bei, indem sie mit ihnen Domino spielte. Sie las sämtliche Bücher, die gerade aktuell waren und spazierte anschließend zu Miss Woodwards Haus, um sie ihr zu leihen. Mit der Zeit legte sie sich eine recht ansehnliche Bibliothek zu, während andere Familien in Bend of the River, wie zum Beispiel meine Tante und mein Onkel, nur die paar Bücher besaßen, die ihnen irgendwelche Hausierer an der Haustür verkauften – eine Enzyklopädie, ein Handbuch über Tierhaltung, eine Sammlung alter Hausmittel. Hätte sie nicht selbst den Verdacht gehabt, daß sie es nervlich nicht schaffen würde, täglich mit einem Stall voller Kinder fertigzuwerden, hätte sie eine wunderbare Lehrerin abgegeben. Auf jeden Fall besaß sie die dazu nötige Intelligenz und Energie. Obwohl ich mich nicht daran erinnern kann, daß sie mir je vorgelesen hat, sorgte sie doch dafür, daß ich von Büchern umgeben war, und bei der Auswahl meiner Lektüre ließ sie mir freie Hand. Meine akademische Selbstachtung verdankte ich Freddy, meinem Vater und Pearl.

Wenn Mutter eine ihrer wirren Phasen hatte, störte sie Pearl ständig bei der Arbeit. »Überall hatte sie ihre Finger drin«, erzählte mir Pearl, »und ich mußte sie unter irgendeinem Vorwand aus der Küche schicken, bis ich das Essen fertig hatte und mich um sie kümmern konnte.« Oft mußte Pearl ihre Pflichten in der Küche vernachlässigen und ihr wie eine Spionin durch Haus und Garten folgen, um sicherzustellen, daß sie das Grundstück nicht verließ. Wenn Mutter depressiv war, blieb sie im Bett und überließ es Pearl, die Farmarbeiter zu verköstigen und alle Leute abzuwimmeln, die an der Haustür klingelten. Nur nachts stand sie hin und wieder auf und rumorte durch das Haus wie ein reizbarer Geist ungewisser Herkunft.

Als mein Vater nach meiner Geburt mit den Säuglingsschwestern und dem Gynäkologen sprach, wußte er bereits, daß Mutters Leiden nichts Vorübergehendes war. Dafür paßte er schon viel zu lange auf sie auf. Er hielt es nicht für nötig, sie darüber zu informieren, daß sie von Zeit zu Zeit völlig ausrastete. Seiner Meinung nach hätte es nichts gebracht, »herumzurennen und es allen zu erzählen«. Es gab ein paar Dinge, über die die Männer seiner Generation nicht sprachen. Geisteskrankheiten, Krebs und sämtliche Frauenleiden gehörten dazu. Mutters Probleme gingen nur die Familie etwas an, und Vater beschränkte sich darauf, mit den Leuten über ihre krassen Stimmungsschwankungen zu sprechen, die täglich mit ihr zu tun hatten. Andere brauchten davon nichts zu wissen. Auf dem Farmgelände ließ er ihr relativ viel Bewegungsfreiheit, abgesehen von den wenigen Ausnahmen, wenn ihr Zustand so schlimm war, daß er sie im Haus einsperren mußte. Er behandelte sie wie eine störrische Kuh, und wenn sie wegzulaufen drohte, indem sie beispielsweise irgendwelche Ferngespräche führte und Leute belästigte, deren Namen sie in der Klatschspalte des Lokalblattes gelesen hatte, dann bremste er sie. Die anderen Familien in Bend of the River kannten sie als die »Barnes-Frau mit den vielen Problemen«.

Nachdem Mutter mit mir drei Tage länger als üblich auf der Säuglingsstation geblieben war, wurde sie in einem Zustand entlassen, den Pearl als gefährlich bezeichnete. Sie hat mir erzählt, daß Mutter »völlig durcheinander« war, als sie nach Hause kam. An dem Morgen, als sie das Krankenhaus verlassen sollte, saß sie bereits reisefertig auf der Bettkante, als mein Vater sie abholen kam. Sie war stark geschminkt, von Kopf bis Fuß in neue Sachen gekleidet und wollte sofort aufbrechen. Sie verkündete, daß sie sich so gut fühle, wie sie aussehe, und daß sie hoffe, keine der Schwestern werde ihr über den Weg laufen und die Laune verderben. Ein Kaufhaus, in dem meine Mutter regelmäßig einkaufte, hatte ihr einen lila Filzhut mit schwarzem Schleier geschickt, außerdem ein nachtblaues Kostüm mit schwarzer Paspelierung an Kragen und Manschetten sowie Pumps aus schimmerndem, schwarzem Leder. Der Verkäufer, bei dem sie die Sachen bestellt hatte, war wahrscheinlich nicht einmal erstaunt gewesen, als meine Mutter verlangte, daß ihr die Sachen an ihr Wöchnerinnenbett geschickt werden sollten. Den neuen Rock konnte sie nicht zuknöpfen; sie besorgte sich von einer Schwester ein Gummiband und improvisierte daraus einen Verschluß. Trotzdem klaffte der Rock seitlich ein ganzes Stück auf, was sie aber vehement bestritt, als Vater sie darauf hinwies. Daraufhin sah er sich die Sache noch einmal an und gab ihr in der Hoffnung recht, daß ihre Jacke lang genug sein würde, um ihr einen peinlichen Auftritt zu ersparen, wenn sie den Gang entlangging.

Mutter trat vor den Spiegel, trug noch mehr Make-up auf und drehte sich dann mit einem rechthaberischen, entrüsteten und ziemlich verdrießlichen Gesichtsausdruck zu Vater um, die Hände auf die Seiten ihres aufklaffenden Rockes gestemmt. Eine Krankenschwester, so erklärte sie Vater, habe mich morgens in ihr Zimmer gebracht und ihr zu zeigen versucht, wie sie mich baden und meinen Nabel versorgen solle. Außerdem habe sie ihr ein paar grundsätzliche Pflegeanweisungen geben wollen. Das war ein Service, der routinemäßig allen Müttern zuteil wurde, selbst wenn sie wie meine Mutter Angestellte hatten, die sich um alles kümmern würden.

»Sehe ich aus wie eine Idiotin?« fragte sie meinen Vater. »Sieht man mir denn nicht an, daß ich weiß, wie man mit einem Baby umgeht? Freddy habe ich schließlich in einer gottverdammten Nissenhütte versorgt!«

Sie hatte meinen Bruder in einem Armeehospital in Louisiana zur Welt gebracht, während mein Vater in Japan seinen letzten militärischen Einsatz hatte. Ich frage mich, ob sie in Freddys Fall tatsächlich so Großes geleistet hat. Damals gab es ja noch keine Pearl, die ihr geholfen hätte, seinen Nabel zu versorgen. Ich frage mich das deswegen, weil ich beim Anblick von Freddys Nabel immer an die ungepflegten Kinder der Farmpächter denken mußte. Als Junge zupfte er ständig am Bund seiner Badehose herum, den er so weit wie möglich hochzog und zuband und lieber riskierte, deswegen von den anderen ausgelacht zu werden, als seinen Nabel rausschauen zu lassen.

Ich stelle mir vor, wie meine Mutter in jener Nissenhütte eine ihrer wilderen Phasen durchmachte und dabei Freddy und seine Bedürfnisse völlig vergaß. Wahrscheinlich war sie zu aufgeregt, um ihn ruhig auf den Schoß zu nehmen und seinen Kopf mit Lebertran und einer weichen Bürste zu reinigen. So hektisch, wie sie in solchen Phasen herumzappelte und mit den Beinen auf den Boden trommelte, als hätte sie Sprungfedern in den Waden, hätte sie ihn wahrscheinlich hoch in die Luft katapultiert, wenn sie ihn auf den Schoß genommen hätte. Auf seinen Babyphotos sieht Freddy trotz seiner weißen Petit-point-Anzüge immer ein bißchen schmuddelig und traurig aus, als wüßte er, daß sich niemand richtig um sein Wohlbefinden kümmerte.

Auf der Heimfahrt vom Krankenhaus nahm mein Vater mich auf den Schoß, weil er Angst hatte, daß meine Mutter mich zu fest drücken oder aus dem Fenster werfen könnte, je nachdem, was ihr gerade in den Sinn kam. Als wir zu Hause eintrafen, warteten nur Mr. Barnes, Tante Menefee und Onkel Lawrence auf uns. Normalerweise wären die Nachbarn eingeladen worden, das neue Baby zu besichtigen, aber Vater hatte alle wissen lassen, daß meine Mutter eine schwere Geburt gehabt hatte. Wahrscheinlich hoffte er, die Leute würden glauben, sie hätte einen Kaiserschnitt gehabt. Sie würden noch eine Weile warten müssen, ehe sie mich besichtigen konnten. Onkel Lawrence und Tante Menefee wußten, wie Mutter sich im Krankenhaus aufgeführt hatte, und da sie ihretwegen nicht in irgendwelche peinlichen Situationen verstrickt werden wollten, hatten sie sie nicht besucht, sondern ihr bloß eine Karte geschickt. Auf dieser Karte, die Pearl mit den anderen Erinnerungsstücken an meine Babyzeit aufbewahrte, stand lediglich: »Bis bald!«

Mein Vater reichte mich an Pearl weiter, die mich sofort nach oben trug, weg von dem ungesunden Zigarettenqualm. Dann versuchte er meine Mutter dazu zu bringen, Tante Menefee nicht völlig zu ignorieren. Seine Bemühungen waren nicht allzu erfolgreich. Tante Menefee sagte irgend etwas Nettes über mich, woraufhin Mutter sich umdrehte, ein Gespräch mit Onkel Lawrence anfing und sie keines Blickes mehr würdigte. Mr. Barnes merkte, daß es meiner Mutter nicht gutging, und eilte herbei, um sie ein bißchen abzulenken.

Alle schwiegen, bis Mr. Barnes das Wort ergriff.

»Allmächtiger, Maggie, was für ein schönes Kostüm du anhast!«

Mutter strahlte und erzählte allen, was es gekostet hatte. Tante Menefee zuckte zusammen. Ihr war Mutters Offenheit selbst dann peinlich, wenn nur Familienmitglieder anwesend waren.

»Dann erkläre ich dieses Kostüm hiermit zu meinem Willkommensgeschenk«, verkündete Mr. Barnes.

Mutter dankte ihm nicht. Statt dessen fragte sie, ob irgend jemand Freddy gesehen habe. Mr. Barnes erzählte ihr, daß Freddy davongelaufen sei und sich im Bad unter dem Waschbecken versteckt habe, als er Vaters Wagen hörte. Er gab den Befehl, ihn in seinem Versteck zu lassen. »Und daß Pearl ja nicht hinaufgeht und ihm was zu essen bringt!« fügte er hinzu. Nachdem Mr. Barnes weg war, machte Freddy in die Hose, und Pearl mußte ihn mit Gewalt aus seinem Versteck zerren.

Mutter verkündete, daß sie das Gefühl habe, gleich aus ihrem Kostüm zu platzen. »Ich bin fett!« erklärte sie.

Tante Menefee erinnerte sie daran, daß sie gerade ein Baby bekommen habe. »Es dauert eine Weile, bis man wieder sein altes Gewicht hat«, sagte sie.

»In deinem Fall zieht diese Ausrede aber nicht mehr!« fauchte meine Mutter sie an.

Tante Menefee verließ das Haus und wartete im Auto auf Onkel Lawrence. Mein Vater sah zu, wie Mr. Barnes meine Mutter am Ellbogen nahm, die Treppe hochführte und ins Kinderzimmer geleitete. Ihr fiel nicht einmal auf, daß der Raum völlig neu eingerichtet war. Sie sagte kein Wort über das Bambi-Mobile, und sie schien weder den Bade- und Wickeltisch noch Tante Menefees Party-Geschenke zu registrieren. Ob sie die neuen Sachen doch bemerkte und bloß entschied, sich nicht dafür zu bedanken, oder ob das Chaos in ihrem Kopf so groß war, daß sie einfach nicht mitbekam, was um sie herum vorging, kann ich nicht mit Sicherheit sagen. Vermutlich traf eher Letzteres zu. Andererseits kann ich mich nicht daran erinnern, daß sie Pearl jemals explizit für irgend etwas gedankt hätte, das sie für sie tat. Pearl schien das nichts auszumachen. Mr. Barnes nahm mich Pearl ab und legte mich meiner Mutter auf den Arm. Mutter ließ sich in dem Sessel neben dem Fenster nieder, das auf unseren Vorgarten hinausging.

»Maggie«, sagte Mr. Barnes, »du mußte dich jetzt entspannen und deine Tochter stillen. Sie wird einmal aussehen wie ihre Mutter. Wir setzen uns jetzt zu dir, und du stillst dein Baby.« Sie untersuchten eine Weile meine Hände und Füße, und dann, nachdem meine Mutter sich etwas beruhigt hatte, knöpfte sie ihre Jacke und ihre Satinbluse auf, ohne auf Mr. Barnes' Anwesenheit zu achten. Mr. Barnes wandte sich ab und ließ sie mich stillen, bis ich satt war. Er hatte eine fast hypnotische Wirkung auf sie. Pearl beschrieb es mir später so: »Von einer Sekunde auf die andere legte sie ihre Verrücktheit oder Nervosität ab, oder wie man ihren Zustand an jenem Tag sonst bezeichnen will. Es dauerte nur wenige Minuten, bis ihre Milch kam.« Mr. Barnes befahl Pearl, uns nicht zu stören, und ging hinunter, um meinem Onkel den Auftrag zu erteilen, in der Stadt eine Kiste

Bier zu holen. Als Soldat im Zweiten Weltkrieg hatte ihm jemand erzählt, daß die deutschen Mütter Bier tranken, um mehr Milch zu haben. Onkel Lawrence fuhr sofort nach Rocky Mount, und von da an trank Mutter jeden Tag zum Mittagessen eine Flasche Bier. In den folgenden Wochen stillte sie mich alle paar Stunden, und ich wurde ein ziemlich fettes kleines Baby.

Jahre später, als ich feststellte, daß ich mit meinem ersten Kind schwanger war, rief ich meinen Bruder in Charlotte an, um ihm die freudige Nachricht mitzuteilen. Nachdem er mich beglückwünscht hatte, meinte er lachend, daß ich wahrscheinlich ein Handbuch für Eltern brauchen würde, da ich von meiner Mutter in Sachen Kindererziehung so wenig gelernt habe. Er riet mir, einfach das zu tun, was Pearl immer getan habe. Dann würde mein Baby schon gedeihen. Aber in seinen scherzhaften Bemerkungen schwang ein ernster Unterton mit, ein Hinweis auf das fehlende Engagement meiner Mutter, als ich jung und formbar war und mir erst eine Meinung über meine Familie und die Welt bilden mußte. Ich bat ihn, mir etwas genauer zu erklären, was er meinte.

»Ich weiß noch genau«, sagte er, »wie das damals war, als du aus der Klinik nach Hause kamst. Wir mußten alle ganz still sein, damit sie genug Ruhe hatte, um dich zu stillen. Pearl lag mir ständig in den Ohren. Aber wenn sie dich nicht gerade stillte, ignorierte sie dich genauso wie mich.«

Da er sechs Jahre älter war als ich, traute ich seinem Gedächtnis. Obwohl ich Mutter zu dem Zeitpunkt längst verziehen hatte, wollte ich doch mehr über mein tägliches Leben mit ihr wissen. Er erzählte mir, daß sie morgens meist recht glücklich über meine Anwesenheit gewesen sei, daß ich den Reiz des Neuen aber bereits um die Mittagszeit verloren hätte. Zwar habe sie genug Verantwortungsgefühl besessen, um Kleider für mich zu kaufen, aber wenn er neben ihr in einem Kaufhaus stand, habe er nie den Eindruck gehabt, daß es ihr Spaß machte, hübsche Sachen für ihr Baby zu kaufen. Pearl habe mich gehalten, während Mutter die Sachen für mich zusammengetragen habe, ohne dabei ein einziges Mal zu lächeln. Sie habe darin wohl eher eine Art Pflicht gesehen.

»Ich glaube, sie fühlte sich von der Familie beauftragt, für dich einzukaufen. Du warst eine Art Familienkind«, erklärte er mir. »Es war, als wären sämtliche Mitglieder der Barnes-Familie, einschließlich aller Großonkel, Nichten, Neffen und Cousins ersten und zweiten Grades aus allen Ecken von Nash County zusammengekommen, um an Weihnachten Namen zu ziehen, und Mutter hätte einen Zettel gezogen, auf dem stand: ›Hattie, Tochter von Frederick‹.«

An vielen Nachmittagen fand mich Freddy, wenn er aus der Schule nach Hause kam, in Pearls Obhut vor, während meine Mutter schlief, einkaufte oder Mr. Barnes besuchte, der immer Zeit hatte, mit ihr in die Stadt zu fahren und sie bei *Woolworth's* auf einen Hog dog oder ein Eis einzuladen. Wenn es tatsächlich stimmt, daß die ersten vier Lebensjahre über den Charakter eines Menschen entscheiden, dann war Pearl meine Rettung. Während sie kochte, spielte ich Freddy zufolge zu ihren Füßen, und manchmal baute sie mir neben dem Ofen ein Lager. Sie und mein Bruder sahen mich in der Küche aufwachsen. Pearl richtete sich mit dem Zeitplan für ihre Hausarbeit nach mir. Wenn ich in der Küche schlief, saugte sie die Räume im ersten Stock, und wenn sie in der Küche irgendwelche Elektrogeräte betätigen mußte, tat sie das, während ich in der Ecke an meinem kleinen Holztisch saß und malte oder Bilderbücher ansah. Wenn mein Vater abends nach Hause kam und meine Mutter nach meinem Tag fragte, antwortete sie meist: »Ich habe keine Ahnung. Frag Pearl!« Schließlich lernte er, Mutter ganz aus dem Spiel zu lassen und sich direkt an Pearl zu wenden.

Noch heute beschäftigt es mich manchmal, daß meine Mutter nicht wußte, wie ich damals meine Tage verbrachte. Inzwischen ist mir klar, daß sie sich um ihre eigene Gesundheit kümmern mußte. Aber als ich alt genug wurde, um zu verstehen, daß Mutter die Fragen meines Vaters einfach an Pearl weitergab, kam es mir vor, als würde sie auf die Frage antworten, wie mein kleiner Hund den Tag verbracht habe. Pearl berichtete Vater jedesmal fröhlich, was sie und ich zusammen gemacht hatten, und wenn ich jetzt zurückdenke, fällt mir auf, daß sie ihre Antworten immer so formulierte, als hätte ich alles unter den bewundernden Blicken meiner Mutter getan. In Pearls Schilderungen klang unser Alltag immer so, als käme Miss Maggie ihren Mutterpflichten bereitwilliger und aktiver nach, als es in Wirklichkeit der Fall war. Ich glaube, Pearl wollte meinen Vater nicht verletzen oder enttäuschen. Sie wollte, daß er das Beste von seiner Frau dachte, wann immer das möglich war. In dieser Hinsicht meinte sie es mit uns allen sehr gut.

Freddy gab zu, daß Pearl auch mit der nicht zu übersehenden Feindseligkeit umzugehen verstand, die er mir anfangs entgegenbrachte. Wäre er drei gewesen, und nicht fast sieben, hätte er mit einer Gabel nach mir geworfen. Statt dessen versetzte er meinem Kinderwagen jedesmal einen schnellen Fußtritt, wenn er daran vorbeiging. Pearl nahm ihn beiseite und stellte ihm eine Tracht Prügel in Aussicht, wenn er nicht damit aufhörte. Er erklärte ihr mit der ihm eigenen Ironie, die er schon in jungen Jahren entwickelt hatte, daß ich in unserem Haushalt gerade noch gefehlt habe. Pearl war wegen seiner Sicht der Dinge alarmiert, was aber nicht bedeutete, daß sie großen Wert darauf legte, sich seine Meinung anzuhören. Also zog sie ihn in die Speisekammer und hielt ihm eine ihrer Standpauken. Danach riß er sich mir gegenüber ziemlich zusammen. Vater hatte ihr in Sachen Disziplin Carte blanche erteilt. Sie hätte ihm die Ohren ausreißen können, wenn sie gewollt hätte.

6

Wenn meine Mutter während jener sechs Wochen im Jahre 1967 nicht verheiratet gewesen wäre, wenn sie bloß eine weitere unbehandelte Manisch-Depressive gewesen wäre, wer weiß, wie viele Männer sie womöglich verbraucht hätte und in welche Schwierigkeiten sie an einem Ort wie Mr. Barnes' Spielsalon hätte geraten können. Wenn sie sich morgens die Zeitung ansah, gab sie Kommentare über die abgebildeten Männer ab, von denen sie den einen oder anderen durchaus passabel fand. Natürlich müßten sie äußerlich noch ein bißchen aufgepeppt werden. Während ihrer manischen Phase mußte sie von der Kirche ferngehalten werden, wo ein gutaussehender neuer Priester die eifersüchtigen Ehemänner in ganz Nash County dazu brachte, ihre Frauen herabzusetzen und ihr Selbstbewußtsein soweit zu unterminieren, bis sie der festen Überzeugung waren, daß ein so attraktiver Mann sie sowieso nur geistlos, breithüftig und langweilig finden konnte. Meine Mutter kam aus der ersten Messe zurück, die er gelesen hatte, und verkündete meinem Vater am Mittagstisch vor der versammelten Familie, daß der Priester während der Predigt nicht in der Lage gewesen sei, den Blick von ihr zu wenden.

Vater antwortete: »Du bist eben eine hübsche Frau, Maggie.«

»Es war mehr als das, Frederick. Es ging tiefer«, erklärte sie ihm.

»Du mußt mit mir nach oben kommen. Die Kinder sind hier.«

»Ja, bring mich nach oben«, sagte sie. »Komm herüber und trag mich die Treppen hinauf, wie es sich gehört.«

Vater beugte sich über Mutter, hob sie aus ihrem Stuhl und trug sie in ihr Schlafzimmer hinauf. Abends brachte Pearl ihnen ein Tablett mit einem leichten Abendessen. Die beiden kamen erst am nächsten Morgen wieder zum Vorschein.

Irgendwann während dieser manischen Periode verwandelte Freddy sein Zimmer in die Billigversion einer Junggesellenbude. Mir fiel auf, daß er mich nicht mehr in sein Zimmer ließ, wenn ich Hilfe bei den Hausaufgaben brauchte. Als ich in die Schule kam, hatte sich seine Wut über mein störendes Eindringen in die Familie soweit gelegt, daß er mir angeboten hatte, meine Hausaufgaben durchzusehen und mir mit Rat und Tat zur Seite zu stehen. Aber jetzt wollte er mir plötzlich nur noch in meinem Zimmer helfen, und wenn wir irgendeines von seinen Nachschlagewerken oder Geschichtsbüchern brauchten, holte er gleich einen ganzen Armvoll davon aus seinem Zimmer und ließ sie auf mein Bett fallen. Das war völlig untypisch für ihn, weil er normalerweise sehr zurückhaltend war, wenn es darum ging, Bücher auszuleihen, und mich immer ermahnte, ja keine Eselsohren hineinzumachen.

Er war damals achtzehn und wußte schon einiges über Sex, aber anscheinend nicht so viel, wie er gern gewußt hätte. Deswegen klaute er Huberts drittklassige Pornohefte aus dessen Wohnung über der Garage und versteckte sie in seinem Zimmer. Als Pearl eines Tages beschloß, Freddys Ansammlung dreckiger Klamotten auszumisten, mußte sie beim Betreten des Zimmers feststellen, daß überall zerfledderte Zeitschriften herumlagen und die Wände mit Photos von Mädchen tapeziert waren, die alle aussahen wie Nutten. Pearl flippte völlig aus und schrie: »Gütiger Gott! Zu Hilfe, zu Hilfe!« Ich hörte sie und rannte die Treppe hinauf, um zu sehen, was sie so erschüttert hatte. Als ich den Treppenabsatz erreichte, hielt ich inne und überlegte, ob ich überhaupt weitergehen sollte. Pearls Stimme nach zu urteilen, hatte sie am Ende gar meine Mutter tot aufgefunden. Aber die Neugier war stärker, also lief ich die restlichen Stufen hinauf und stellte erleichtert fest, daß die schreiende Pearl vor Freddys Zimmer stand, wo Mutter sich nie blicken ließ. Mit ihrem kräftigen Körper verwehrte sie Olive den Zutritt, während sie immer wieder erklärte, sie werde nicht zulassen, daß ein anständiger Mensch dieses Zimmer betrete. Sie rief nach meinem Vater, der sofort herbeieilte. Inzwischen hatte sich auch meine Mutter eingefunden und versuchte sich an Pearl vorbeizudrängen. Ich hörte, wie Vater Pearl fragte, ob Freddy ein Mädchen im Zimmer habe.

»Nein, Sir«, antwortete sie, »mehrere.«

Vater schob sie beiseite, und während er immer wieder »Herrgott noch mal« murmelte, folgte Pearl ihm auf den Fersen und beschwor ihn, wegen Mutter endlich etwas zu unternehmen, weil sonst noch der ganze Haushalt auseinanderfallen würde. Freddy unterliege bereits ihrem Einfluß, erklärte sie ihm.

»Die ganze Familie steuert geradewegs in den Ruin«, fuhr sie fort.

Als sie nach unten gegangen waren, um zu besprechen, wie man Mutter konkret bremsen könne, warf ich einen heimlichen Blick auf Freddys Wände. Ich wußte nicht so recht, was ich mir da eigentlich ansah. Die Mädchen waren angemalt wie Clowns und sahen irgendwie traurig aus. Außerdem machten sie den Eindruck, als hätten sie dringend ein ausgiebiges Bad und ein gutes Abendessen nötig. Sie kamen mir alle irgendwie fremdartig vor. Ich brachte diese Photos nicht mit dem in Verbindung, was ich aus dem Schlafzimmer meiner Eltern gehört hatte. Rückblickend wird mir klar, daß unser Haus ziemlich von Sex durchdrungen gewesen sein muß. Pearl hätte Olive abends am liebsten in ihrem Zimmer eingesperrt. Ich nehme an, sie befürchtete, daß das junge Mädchen dem Beispiel meiner Mutter folgen könnte, nachdem sie tagein, tagaus gehört hatte, was für ein gutes Gefühl das war. Vater zwang Freddy, die Photos wieder abzunehmen und die beschädigten Wände auszubessern. Tagelang durfte er seine Zimmertür nicht mehr zumachen, nicht einmal, wenn er sich umzog.

Ich hatte das Gefühl, daß im Haus etwas vorging, an dem ich nicht teilhaben durfte. Alle Gespräche und Ereignisse schienen über meinen Kopf hinwegzuwirbeln. Ich machte es mir zur Aufgabe, das Leben im Haus zu belauschen, aber jedesmal, wenn ich der Antwort auf meine Fragen nahe kam, wandten Vater und Pearl mir den Rücken zu und senkten die Stimme. Pearl bemerkte meine Neugier und Verwirrung und beschloß, mich aufzuklären.

»Hör zu, Hattie«, sagte sie, »die Menschen müssen das Babykriegen üben. Viele Leute verbringen einen Großteil ihrer Zeit damit, es zu üben. Deine Mutter hatte in letzter Zeit große Lust zum Üben. Bestimmt wird sie sich bald wieder beruhigt haben.«

Das sagte mir überhaupt nichts. Das einzige, was ich verstanden hatte, war, daß meine Mutter unbedingt ein weiteres Baby wollte. Sie übte jeden Tag von früh bis spät. Allmählich sah sie ein bißchen abgekämpft aus, und ich mußte an eine Geschichte denken, die ich zufällig mit angehört hatte. Onkel Lawrence hatte meinem Vater von dem achtzigjährigen Senator Walsh erzählt, dessen Leiche in Rocky Mount aus einem Pullmanwagen entfernt werden mußte, nachdem er sechs Stunden zuvor seine junge Sekretärin geheiratet hatte und mit ihr in Washington in den Orange Blossom Special gestiegen war, um nach Florida in die Flitterwochen zu fahren. Vater und Onkel Lawrence lachten schallend. Das Mädchen hatte den alten Mann umgebracht, und jetzt war meine Mutter dabei, langsam meinen Vater umzubringen. Sie war der Grund, warum er davonlaufen und sich in Miss Woodwards Haus verstecken mußte, wo er für sie unerreichbar war. Meine Mutter besaß wirklich große Macht, dachte ich, wenn sie in der Lage war, auf diese Weise mit ihrem Körper zu töten.

Sie schlief nur noch unregelmäßig, und sie begann mehr zu rauchen und zu trinken als gewöhnlich. Beides schien sie ungemein zu genießen. Mr. Barnes brachte ihr kartonweise Salems, weil er der Meinung war, daß Mentholzigaretten für ihre Nerven besser wären als Alkohol. Trotzdem trank sie weiter, aber erst spät abends, wenn alle anderen schon schliefen. Mein Vater blieb bei ihr unten, schlief währenddessen auf dem Sofa; er behauptete steif und fest, daß er sie hören würde, falls sie versuchen sollte, eine Tür zu entriegeln und nach draußen zu entwischen. Pearl blieb bei ihr in der Küche sitzen, so lange sie konnte, leerte immer wieder ihren Aschenbecher aus und hörte sich an, warum die Schwarzen und die Weißen nach Meinung meiner Mutter solche Probleme miteinander hatten und sich von Birmingham bis Chicago gegenseitig die Köpfe einschlugen. Pearl erinnerte sich noch Jahre später daran, daß Mutters Erklärung irgend etwas damit zu tun hatte, daß die Leute nicht in der Lage waren, ihre Seelen der Wahrheit und Schönheit zu öffnen, aber das war auch schon alles, was sie verstanden hatte. Eines Abends, als sie ein wenig zu viel Bourbon erwischt hatte, bat Mutter Pearl, ihr zu erklären, wieso farbige und weiße Menschen nicht miteinander auskämen, und in diesem Moment tiefer Verbundenheit, erzählte Pearl, habe Mutter zugelassen, daß sie ihr Haar streichelte und mit ihr sprach wie mit einem Baby. Dann sei ihre Stimmung schlagartig umgekippt, und sie habe Pearl angefahren, daß sie sich schon immer darüber geärgert habe, wie nachlässig sie die Duschwände putze, und wenn sie nicht am nächsten Tag auf der Straße stehen wolle, solle sie hinaufgehen, ja, sie habe richtig gehört, jetzt sofort, um drei Uhr morgens, und jede gottverdammte Duschwand im Haus abledern. Daraufhin, erzählte mir Pearl, habe sie selbst sich auch einen doppelten Bourbon eingeschenkt.

Es kam selten vor, daß Mutter beim Frühstück anwesend war, aber während dieser sechs manischen Wochen saß sie eines Morgens betrunken am Tisch. Ich glaube, daß sie den Alkohol in dieser Phase als Mittel benutzte, ihre überdrehte Stimmung ein, zwei Grad zu drücken. Wenn sie niedergeschlagen war, trank sie nie, wahrscheinlich, weil sie instinktiv vor der deprimierenden Wirkung von Alkohol zurückschreckte. Sie drückte auf ihrem Teller eine Zigarette aus und fragte mich, ob ich zehn oder elf sei. Ich erklärte ihr, daß ich schon zwölf sei. Daraufhin wollte sie, daß ich sie an meinen Geburtstag erinnere, damit sie mir ein Geschenk kaufen könne. Ich versprach es ihr, und sie wollte wissen, was ich mir wünsche. Ich antwortete, ich hätte mich noch nicht entschieden. Sie fragte mich noch einmal, diesmal mit größerem Nachdruck. Sie drängte mich zu antworten, und ich wußte, daß ich sagen konnte, was ich wollte, es würde auf jeden Fall falsch sein. Es war, als wäre ich auf der Straße von einem Landstreicher angehalten worden, der nun an meinem Ärmel zerrte und etwas von mir wollte, das ich nicht hatte, ein bißchen Geld, ein paar Zigaretten oder etwas zu essen. Das beharrliche Drängen meiner Mutter, ich solle mich für ein Geburtstagsgeschenk entscheiden, hielt mit meiner wachsenden Frustration Schritt, und als es mir irgendwann zuviel wurde, brach ich in Tränen aus. Pearl kam herein und fragte, was denn los sei.

»Meine Tochter kümmert es einen Dreck, was sie zum Geburtstag bekommt«, erklärte Mutter Pearl.

»Ganz bestimmt nicht«, widersprach Pearl. »Es ist bloß noch ein bißchen früh dafür.«

»Schon möglich, aber es ist ihr trotzdem egal. Für so jemanden kann man überhaupt nichts tun. Freddy ist genauso schlimm. Die ganze Zeit schleicht er um mich herum. Ein richtiger Geheimniskrämer.«

»Sie macht doch kein Geheimnis aus ihrem Geburtstag. Oder, Hattie? Sie möchte bloß, daß Sie sich wieder besser fühlen und nicht mit so etwas belasten. Ich werde mit Ihnen in die Stadt zum Einkaufen fahren, wenn es soweit ist.« Ich merkte, daß Pearl das Gespräch beenden wollte, ehe Mutter ebenfalls zu heulen anfing.

Aber Mutter heulte bereits. Mit zitternden Händen zündete sie sich eine neue Zigarette an. »Ich möchte doch bloß ein Geschenk für sie kaufen.«

»Das können Sie doch. Machen Sie sich deswegen keine Sorgen.« Pearl massierte Mutters Rücken.

Ich packte meine Bücher, rannte zur Tür hinaus und setzte mich auf die Haustreppe, um dort auf den Schulbus zu warten. Ich versuchte, mich wieder zu fangen, ehe er eintraf. Ich weiß noch, daß ich mir an dem Tag wünschte, sie würde ohnmächtig werden und es bleiben, bis ich abends im Bett war. Ich wollte ihr Gesicht eine Weile nicht mehr sehen. Sogar draußen auf der Treppe konnte ich noch hören, wie Mutter zu Pearl sagte, sie habe ein Kind ohne Ziele. Dabei gebe es doch ganze Kataloge voller schöner Sachen, aber nein, ihre Tochter wisse nicht, was sie sich wünschen solle. Ich war gezwungen, bis auf die Straße hinauszugehen, um nicht mehr hören zu müssen, wie meine Mutter sich laut schreiend über die Verrücktheit einer Tochter aufregte, die keine Ahnung hatte, was sie zum Geburtstag wollte. Dabei wußte ich genau, was ich wollte: ein eigenes *National Geographic*-Abonnement und eine neue Madame-Alexander-Puppe für die Sammlung, die mein Vater für mich anlegte. Und obwohl ich es damals nicht zugegeben hätte, wollte ich außerdem sie, meine Mutter. Ich wollte sie wegen jener irrationalen Komponente der Liebe, die in mir den Wunsch wachhielt, in ihrer Nähe zu sein, selbst wenn sie eine stete, vorhersehbare Distanz zu mir hielt.

In Zeiten wie diesen schüttete Pearl meine Mutter mit Alkohol zu, bis sie kurz vor der Alkoholvergiftung stand. Auf diese Weise versuchte sie wohl, den Schaden, den Mutter der Familie zufügte, zu begrenzen, bevor wir alle total am Ende waren. Pearl hat mir einmal erzählt, daß sie, wenn Mutter betrunken auf dem Badezimmerboden lag, regelmäßig ihren Puls überprüfte, sie zudeckte und dann wartete. Schneller als jeder noch so trinkfeste Nachtschwärmer war Mutter wieder auf den Beinen und begann von neuem mit ihren Umtrieben. Jedesmal, wenn Mutter Olive völlig zu Unrecht beschuldigte, ständig mit Hubert im Bett zu liegen und ihn davon abzuhalten, die Oleanderbüsche zu beschneiden und das Laub zusammenzuharken, drohte Olive Pearl, nach Jonesboro zurückzugehen, aber Pearl erinnerte sie daran, was Jonesboro für sie bereithielt, falls sie tatsächlich zurückgehen würde: jede Menge Brüder, Onkel, Cousins und grabschende Verehrer, allesamt so träge wie Hubert. Sie fragte Olive, wie sie je mit einem dieser zahnlückigen Männer fertigwerden wolle, der mit Sicherheit aus den Sümpfen auftauchen und sie belästigen würde, sobald sie einen Fuß in die Stadt gesetzt hätte, wenn sie nicht einmal in der Lage sei, meine Mutter zu ertragen. Während jener sechs manischen Wochen bildete meine Mutter sich einmal ein, gehört zu haben, wie Olive »nachmaulte«, und schlug ihr mit einer Fliegenklatsche ins Gesicht. Mutter hatte Olive wegen ein paar brauner Streifen auf der weißen Wäsche befragt, und sie hatte gesagt, es läge an der Waschmaschine, die, wie sich herausstellte, tatsächlich ein Rostproblem hatte. Aber Mutter war sich sicher, daß Olive die Sachen absichtlich ruiniert hatte. Nachdem sie sie außerdem beschuldigt hatte, ihre silberne Puderdose gestohlen zu haben, zwickte sie Olive so fest in den Handrücken, daß sich eine Blutblase von der Größe eines Zehncentstücks bildete. Aber Olive ertrug tapfer alle ihre Schikanen.

Wenn Mutter nicht gerade mit meinem Vater im Bett lag oder betrunken war, zog sie von einem Kaufhaus zum nächsten und überließ sich einem Kaufrausch. Genau wie in ihren »normalen« Phasen chauffierte Mr. Barnes sie überall hin, folgte ihr auf Schritt und Tritt und bezahlte alles, was sie auf die Ladentheke häufte. Während dieser einen manischen Phase sah Pearl zehn Kleider, fünf Kostüme, zehn Paar Schuhe, fünf Handtaschen, mehrere seidene Nachthemden mit dazu passenden Hauskleidern sowie sämtliche Satin-BHs, die in Mutters Größe erhältlich waren, bei uns zu Hause eintreffen. Mutter ließ sich von Mr. Barnes in die Buchabteilung von Belk's bringen, wies den Verkäufer an, sämtliche gebundenen Romane einzupacken, die in den letzten drei Monaten erschienen waren, und die Rechnung dem Herrn zu geben, der sie begleitete. Außerdem kaufte sie neue Möbel, unter anderem ein neues Bett und einen Frisiertisch für ihr Zimmer. Als ich erwachsen war, sprachen wir einmal über ihre Kauforgien, aber sie konnte sich nicht erinnern, ob Mr. Barnes je versucht hatte, ihr Einhalt zu gebieten oder sie zumindest zu bremsen. Er genoß es, ihr eine Freude zu machen, und dieser Wunsch muß bei ihm stärker gewesen sein als das Bedürfnis, ihren Gemütszustand selbst zu beeinflussen oder professionelle Hilfe für sie zu suchen. Vater hat mir oft erzählt, daß es manchmal, wenn sich Mutter gerade auf einem Höhenflug befand, eine wahre Freude war, sie um sich zu haben. Sie konnte dann sehr unterhaltsam plaudern und sprühte nur so vor Leben. Zweifellos machte es Mr. Barnes großen Spaß, sie in ihrem modischen Kostüm, ihren hochhackigen Schuhen und den schwarzen Nahtstrümpfen durch die Stadt zu eskortieren. Sie trug schwarze Nahtstrümpfe, bis die Geschäfte irgendwann keine mehr führten. Am liebsten ging Mr. Barnes mit ihr ins Pelzgeschäft und zum Juwelier. Die Städter, die die beiden nicht kannten, dachten wahrscheinlich, daß sie sich von ihm aushalten ließ. Vielleicht fragten sie sich, ob sie mit ihm einen Zug besteigen und dafür sorgen würde, daß seine Leiche irgendwo entlang der Strecke wieder ausgeladen werden mußte. Vater kaufte ihr ab und zu ein paar Kleinigkeiten, um mit Mr. Barnes mitzuhalten, aber das Geld hätte er sich genausogut sparen können.

Als ich irgendwann bemerkte, daß es in unseren Familienalben keine Photos von meinem sechsten Geburtstag gab, der wohl in eine manische Phase gefallen war, fragte ich meine Mutter nach dem Grund. Sie antwortete, das habe sie vergessen. Schnell wechselte sie das Thema, weil sie offensichtlich nicht daran erinnert werden wollte, wie krank sie tatsächlich sein konnte. Sie wirkte beschämt, als wären die fehlenden Bilder ein Symbol ihres Versagens. Es lag keineswegs daran, daß wir zufällig keine Kamera im Haus hatten. 1949 hatte Mutter bei einer Geschäftsauflösung acht oder neun Brownies gekauft. Das war vielleicht der einzige Großeinkauf, der nicht auf zwanghaftes Verhalten zurückzuführen war. Sie kaufte sie als Sicherheitsvorrat, weil sie dazu neigte, die Dinge zu verlegen. Sie ließ ihre Sachen einfach fallen, wo sie war, und mein Vater konnte ihr nicht einmal beim Suchen helfen, wenn sie wieder irgend etwas vermißte, weil er nicht wußte, wo er anfangen sollte.

»Okay, Maggie«, sagte er dann. »Wo warst du, als du die Kamera das letzte Mal hattest?«

»Ich habe keine Ahnung. Es ist mir völlig entfallen.«

»Dann kann ich dir auch nicht helfen«, antwortete er meistens.

Er war immer ziemlich frustriert, wenn sie etwas nicht finden konnte, als hätte er vergessen, daß in ihrem Gehirn so viele andere Dinge durcheinanderwirbelten. Entnervt rief er: »Nicht schon wieder, Maggie!«, wenn sie zum wiederholten Mal sein Schweizer Taschenmesser verlegt hatte. Sie lieh es sich von ihm aus, wenn sie etwas nähte und Fäden abzuschneiden hatte, und dabei ging es immer wieder verloren. Schließlich weigerte er sich, ihr Dinge wie Nagelscheren und Taschenmesser zu leihen, und sie sagte selbst, daß er wahrscheinlich gut daran tue, es so zu halten. In der Regel war sie sich ihrer Krankheit durchaus bewußt. Sie wußte, daß sie gewisse Probleme hatte und oft geistesabwesend war. Sie mußte schon sehr krank sein, um dieses Bewußtsein zu verlieren, und wenn es soweit war, war sie in schrecklicher Verfassung. Aber was die Dinge betraf, die Mutter verlor, regte sie sich nie auf. Die Lösung war immer sehr einfach. Ihre Welt war durch ihre Krankheit so kompliziert, daß sie dankbar gewesen sein muß, wenigstens eines ihrer Probleme mit Geld lösen zu können.

Sie gehörte nie zu den Menschen, die lange nach etwas suchten, wenn sich der verlorengegangene Gegenstand ersetzen ließ. Sie sagte dann lediglich: »Ja, du kannst mir helfen, Frederick. Geh ins Gästezimmer und hol mir eine neue Brownie aus dem Schrank.« Vater tat, wie ihm geheißen.

Nur Pearl war in der Lage zu erraten, daß Mutter ihre rosafarbenen Pantöffelchen in der Bar verstaut hatte, oder ein Buch unter dem Spülbecken oder eine Zeitschrift oben auf dem Kühlschrank.

»Ich habe nie überlegt, wo sie etwas hingetan haben könnte. Nie habe ich mir gesagt: ›Nun, das Buch, das sie durchgeblättert hat, war ein Kochbuch, deswegen hat sie es wahrscheinlich in das Kästchen unter der Spüle gelegt‹«, erzählte mir Pearl. »Ha! Ich habe mir immer überlegt, wo ich eine Zeitschrift, eine Sonnenbrille oder was sie eben gerade vermißte, nie im Leben hintun würde. Ihr Nähzeug? Im Keller! Schwarze Strümpfe? Unter dem Bett. Ich habe immer alles gefunden, was ihr abhanden kam.«

Von Vater weiß ich, daß Mutter damals bei meiner Geburtstagsparty, an der nur Mr. Barnes und Tante Menefees Familie teilnahmen, sogar zwei Filme verknipste. Anschließend ließ sie sich mal wieder von der Überzeugung leiten, daß sie einfach alles konnte, sogar Filme entwickeln.

Sie ging ins Bad, nahm den Film aus der Kamera und ließ beide Rollen ins Waschbecken fallen, das sie anschließend mit Spiritus füllte, oder mit irgendeiner anderen Flüssigkeit, von der sie wußte, daß sie ihren Zweck erfüllen würde. Ich sehe sie genau vor mir, wie sie auf ihrem Badhocker sitzt, unablässig raucht und sich jedesmal im Spiegel betrachtet, wenn sie aufsteht, um nach dem Film zu sehen.

Bald hat sie vergessen, warum sie die Rollen eingeweicht hat. Sie zieht den Stöpsel und wirft die Filme in den Mülleimer. Irgendwie ist ihr danach, sich das Gesicht zu waschen, aber sie kann sich nicht entscheiden, ob sie sich nicht doch lieber ein Klavier kaufen soll, damit sie endlich spielen kann, was sie will. Sie ist der festen Überzeugung, daß sie dazu in der Lage wäre, wenn man sie nur ließe, so wie damals als kleines Mädchen, obwohl sie sich bei den Vorspielabenden nie besonders ausgezeichnet hatte. Aber das wäre inzwischen ganz anders, jetzt, wo sie diese Sphärenmusik im Kopf hat. Sie muß bloß zuhören, und schon werden ihre Finger wie von selbst über die Tastatur gleiten. Genau wie beim Maschinenschreiben. Sie möchte etwas Schnelles und Kompliziertes spielen. Eine Rhapsodie. Sie spürt bereits, wie die Musik durch ihren linken Arm zu strömen beginnt. Der ganze Arm prickelt nur so vor Inspiration. Oder krabbelt da etwas ihren Ärmel hinauf? Was würde sie tragen, wenn sie sich ans Klavier setzte? Es ist sehr wichtig, einen professionellen Eindruck zu machen. Ihr linker Arm – der, der so prickelt, Käfer oder Inspiration, schießt plötzlich nach oben, als wäre sie die erste Schülerin in der Klasse, der die richtige Antwort einfällt. Ihr Arm sinkt wieder nach unten. Sie setzt sich auf ihre Hand, damit sie sich nicht noch einmal selbständig machen kann. Ihr Arm fühlt sich an, als wolle er rotieren – oder sagt man revoltieren? – und sich ganz von ihrer Schulter lösen, eine Vorstellung, die ihr gar nicht gefällt.

Sie hat nur noch den Wunsch, sich so richtig herauszuputzen. Sie besitzt das perfekte Abendkleid zum Vorspielen. Genaugenommen hat sie zwei ganze Schränke voller Kleider, die ihr alle Mr. Barnes gekauft hat. An manchen hängen noch die Preisschilder, weil Frederick sie selten irgendwohin ausführt, wo er Pailletten für angebracht hält. Sie sieht vor ihrem geistigen Auge ein Kleid nach dem anderen, und allmählich wünscht sie sich, die Dinge würden sich ein wenig verlangsamen. Am liebsten würde sie auf allen vieren zum Waschbecken kriechen und sich die Poren in ihrem Gesicht ansehen.

Ein Gedanke schießt so schnell von einer Seite ihres Gehirns zur anderen, daß sie ihn nicht zu Ende denken kann. Als sie versucht, einen Gedanken – nur einen einzigen – festzuhalten, wird ihr ganz schwindelig. Puh! Das war ein hartes Stück Arbeit. Ich sehe sie vor mir, wie sie sich mit einer solchen Wucht auf den Hocker fallen läßt, daß er fast unter ihr zusammenbricht, und sich eine Zigarette anzündet. Frederick erlaubt ihr zu rauchen, wenn sie so auf Hochtouren läuft. Gott sei Dank. Und Gott sei Dank erklingt da diese begnadete Musik in ihrer Seele. Ihr geht durch den Kopf, daß sie eigentlich am liebsten Dichterin wäre. Dann würde sie nach New York fliegen müssen, und das hieße Koffer packen. Eine andere Möglichkeit wäre, sich einfach zu betrinken, aber dann müßte sie sich bestimmt übergeben. Es würde sehr schwer sein, Gedichte auf ein Blatt Papier zu bannen, wenn einem die Worte davonflogen wie verängstigte Rotkehlchen aus dem Nest. Auf jeden Fall würde es nicht so leicht sein, wie klassische Klavierkonzerte zu geben. Sollte sie nach New York fliegen? Das wäre großartig. Und dann käme die Landung. Eine begnadete Landung. Alles klar? Im Geiste beginnt sie zu packen. Sie versucht dahinterzukommen, welche Jahreszeit gerade ist, ohne ans Fenster gehen zu müssen, um die Farbe und Anzahl der Blätter an den Bäumen zu betrachten. In dem Moment kommt mein Vater herein.

Er sagte, daß er die ruinierten Filme im Mülleimer gesehen habe und ihr deshalb drei Sominex gegeben hätte. »Ich tat uns damit einen Gefallen«, erklärte er mir später. »Ansonsten hätte sie uns bloß alle terrorisiert.«

Strahlend gurrte sie, daß sie sich blendend fühle, mehr als blendend sogar, und daß sie das Leben jetzt sehr klar sehe. Sie sehe, daß alles im Universum einen Sinn habe, und daß dieser Sinn ihr durch Träume offenbart werden würde. Ihre Aufgabe wäre dann, den Leuten zu sagen, auf welche

Weise sie leben müßten, um dem Schöpfer zu gefallen. Sie spreche von nun an in seinem Namen.

Vater erklärte ihr, daß sie sich mit den Schlaftabletten noch besser fühlen würde, daß ihre Träume noch tiefgründiger sein würden, woraufhin sie sie bereitwillig schluckte. Dann wartete er und hörte ihr geduldig zu, bis sie ihren Redeschwall über die Poesie des Universums für ein paar Sekunden unterbrach. Diese Pause nutzte er, um sie angezogen ins Bett zu legen, damit sie sich für ihre Reise nach New York ausruhen konnte. Er überhäufte sie mit Komplimenten, was in solchen Fällen fast genausogut wirkte wie die Sominex. Er erklärte ihr, daß die Geburtstagsparty vorbei sei und ich mich sehr über meine Geschenke gefreut hätte, insbesondere über eine Madame-Alexander-Puppe namens Klatschbase. Dann begannen die Sominex zu wirken. Mutters letzte Worte waren: »Sieh nach, ob die Zedernschuhbäume in meinen blauen Pumps sind.«

Vater stand auf und versteckte alle Rasierklingen und Scheren in Pearls Zimmer. Dann ließ er sämtliche Sominex, Aspirin und anderen Tabletten in seiner Hosentasche verschwinden. Wenn sie so auf Hochtouren war, verkündete sie nämlich manchmal, daß sie unter anderem mit der Gabe der Unsterblichkeit gesegnet sei. Dann legte er sich neben sie, wobei er ebenfalls alle seine Sachen anbehielt. Er blieb solange wach, bis Olive ins Zimmer kam, um im Schaukelstuhl in der Ecke die zweite Hälfte der Nachtschicht zu übernehmen. Er erzählte mir, daß er sich damals gefühlt habe, als würde er versuchen, auf einem Truppentransportschiff Schlaf zu finden. Er spürte die beunruhigende Hektik der Träume, von denen meine Mutter geplagt wurde, und aus Loyalität verbrachte er gemeinsam mit ihr eine schlimme Nacht. Sie wachte noch vor dem Morgengrauen auf und wußte nicht mehr, wo sie war. Jedesmal, wenn sie sehr krank aufwachte, war sie der festen Überzeugung, sich in einem Hotelzimmer zu befinden. All die vertrauten Gegenstände ihres gemeinsamen Lebens waren ihr plötzlich fremd, die Hochzeitsphotos ebenso wie die silbergerahmte Einladung. Vater hoffte jedesmal, daß sich das schnell wieder ändern würde.

7

Während Mutter am Tag des Unfalls den Arzt anschrie, beendete Vater das Gespräch mit seinem Anwalt, kam dann zu mir herüber, setzte sich und weinte an meiner Schulter, als wäre ich seine Mutter, oder zumindest jemand in seinem Alter. Ich tätschelte ihm den Rücken und erklärte dann, daß ich nach oben zu Pearl und Freddy wolle. Meine Bluse war naß von seinen Tränen.

Ich sperrte mich in Freddys Zimmer ein und erzählte ihm alles, was Vater am Telefon gesagt hatte. Freddy war mit dem Gesicht nach unten auf seinem Bett gelegen. Er setzte sich auf und tat so stoisch, wie es Vater normalerweise war. Dann begann er mir zu erklären, worum es bei dem Gespräch gegangen war. Er paßte seine Analyse meinem Niveau an, wobei er zwar die Sprache vereinfachte, nicht aber den Sachverhalt.

»Die Frau, die Mutter angefahren hat, erhebt eine Menge Anschuldigungen gegen sie«, sagte er, »aber der Anwalt glaubt, daß man die Anklage fallenlassen wird, wenn der Arzt es schafft, sie für geisteskrank oder so was ähnliches erklären zu lassen. Und vielleicht werden die Zeitungen die Geschichte dann auch nicht weiter verfolgen. Wenn sie keine Barnes wäre, würde man sie sowieso in Ruhe lassen.«

Ich wußte, daß Mutter geisteskrank war. Selbst mit meinen zwölf Jahren war mir klar, daß ein derartiges Abenteuer mit dem Auto, das unter anderen Umständen vielleicht als Lausbubenstreich durchgegangen wäre, in ihrem Fall ziemlich unangenehm ausgehen konnte. Ich hatte gehört, wie die Worte in einem wütenden Strom aus ihr herausgequollen waren, und ich hatte sie oft verkünden hören, was für große Dinge sie organisieren wolle, angefangen von den Vereinten Nationen bis hin zu ihrem Kleiderschrank. Ich hatte gesehen, wie sie das Bügelbrett im Schlafzimmer aufstellte und Vaters Hemden zwei- oder dreimal bügelte, obwohl Pearl sie vorher schon perfekt gebügelt hatte. Mutter hatte sich in der Vergangenheit oft fünf- oder sechsmal am Tag geduscht und wusch sich unzählige Male am Küchenspülbecken die Hände, wobei sie das Wasser über ihre Arme laufen ließ wie ein Chirurg, der sich auf eine Operation vorbereitet. Freddy und ich wußten, daß sie nicht so war wie alle anderen, aber wir wollten nicht, daß irgendwelche Leute aus der Stadt oder die Lehrer und Schüler an unserer Schule einen Blick auf das Chaos in unserem Haus werfen konnten. Freddy erklärte mir, welche Folgen ein Gutachten über ihren Geisteszustand haben würde. Ich glaubte damals, daß er diese Dinge aus irgendwelchen Detektivgeschichten kannte oder aus den Spätfilmen, die er sich im Fernsehen immer ansah.

»Irgendein Arzt wird ein paar Tests mit ihr machen und klären, was mit ihr nicht stimmt. Dann wird er zum Richter sagen: ›Ja, bei dieser Frau war eine Schraube locker, als sie die andere Frau angefahren hat.‹ Dann werden sie die ganze Anklage fallenlassen.«

»Aber was wird mit Mutter passieren?« fragte ich.

»Sie werden sie wieder in Ordnung bringen.«

»Wie denn? Und wer sind ›sie‹?« hakte ich nach.

»Das kann ich dir nicht sagen.«

Ich war fest davon überzeugt, daß er mir etwas verschwieg. Er wußte, was sie mit ihr anstellen würden, aber es war zu schrecklich, um es mir zu sagen. Bei einer der Exkursionen nach Raleigh, die seine Klasse jedes Jahr unternahm, hatten sie sich unter anderem den elektrischen Stuhl in der mittelalterlichen Festung angesehen, die inzwischen als Strafvollzugsanstalt diente. Irgendwie glaubte ich, daß die Kriminellen dort nicht immer exekutiert, sondern manchmal bloß gefoltert wurden. Auch hatte ich keine genaue Vorstellung, wie so ein elektrischer Stuhl eigentlich funktionierte. In der Schule erzählte man sich alle möglichen Horrorgeschichten darüber, die eine Zeitlang eine sehr abschreckende Wirkung hatten, so daß in dem schuleigenen Schreibwarenladen, in dem ich jeden Tag eine Stunde arbeitete, kaum mehr Stifte und Radiergummis geklaut wurden.

Ich rannte aus Freddys Zimmer in das von Pearl hinüber. Sie und Olive waren in dem spärlich eingerichteten Raum: Auf dem Holzboden lag ein ovaler Webteppich, und auf der Kommode standen eine Vase mit Plastikblumen und Schulphotos sämtlicher Nichten und Neffen aus Jonesboro. Pearl saß auf der Bettkante, Olive auf einem Stuhl mit hoher Rükkenlehne, der neben dem Fenster stand. Beide schluchzten in ihre Taschentücher, die so riesig wie Babywindeln waren. Ich ging zu Pearl und setzte mich neben sie. Sie stopfte sich ihr Taschentuch ins Dekolleté, ließ aber einen Großteil davon heraushängen, so daß es aussah wie ein Lätzchen, und legte die Arme um mich.

»Ich habe deine Mutter entwischen lassen«, sagte sie, »und jetzt haben wir den Schlamassel.«

Ich erklärte ihr, daß das nicht ihre Schuld sei.

Olive schniefte. »Das sage ich ihr schon die ganze Zeit. Ich war hier in diesem Zimmer und habe weder etwas gesehen noch gehört, und plötzlich war sie verschwunden.« Dann sagte sie, daß sie genausoviel Schuld treffe wie Pearl. Es kam mir so vor, als sähen die beiden in mir eine Vertreterin der Familie Barnes und erwarteten, daß ich sie als solche von jeder Verantwortung freispräche. Zumindest Olive. Pearl, so glaubte ich, würde sich wahrscheinlich weiterhin Vorwürfe machen. Ich erzählte Pearl von Vaters Telefonat und meinem Gespräch mit Freddy. Ich fragte sie, ob das, was Freddy gesagt habe, wahr sei.

»Ich weiß es nicht«, antwortete sie. »Ich will bloß, daß ihr jemand hilft. Ich kann mich nicht erinnern, daß sie jemals so in der Klemme war. Diesmal steckt sie wirklich in der *Bredullie.*«

Das war Pearls Bezeichnung für eine Situation, in der jemand von den äußeren Umständen überwältigt wurde. Wenn beispielsweise zu viele Töpfe auf einmal vom Herd genommen werden mußten, rief sie nach Olive: »Ich stecke in der tiefsten *Bredullie!* Komm und hilf mir!« Pearl hatte mir immer versprochen, daß es Mutter eines Tages besser gehen würde, und ich hoffte, daß dieser Tag endlich gekommen war. Ich wollte, daß aus Maggie Barnes, der Frau mit den vielen Problemen, endlich meine Mutter wurde, und obwohl ich des Wartens müde war, klammerte ich mich noch immer an Pearls Optimismus. Wenn es nötig war, eine Frau mit dem Wagen anzufahren, um Mutter Hilfe zu verschaffen, dann war es eben so. Ich kann mich nicht erinnern, Mitleid mit der Frau gehabt zu haben. Wahrscheinlich habe ich nie einen Gedanken an ihren Zustand verschwendet und mich auch nie gefragt, ob es ihr damals auf der Unfallstation schlecht ging. Ich wollte bloß, daß sie Mutter in Ruhe ließ, damit unsere Familie sich auf Mutters bevorstehende Krankenhauseinweisung und Heilung konzentrieren konnte, auch wenn das Ganze noch so erschreckend klang.

Pearl fragte mich, ob ich glaube, daß mein Vater auf sie und Olive sehr böse sei. »Wir können unsere Taschen pakken und noch heute gehen, wenn er das möchte«, meinte sie.

Ich fühlte mich zu klein, um eine so große Frage zu beantworten. Obwohl ich nicht in der Lage war, Vaters Gedanken zu lesen, hielt ich ihn doch für einen gerechten Mann, und mir war klar, daß er sehr wohl wußte, wie findig Mutter sein konnte und wie schwierig es war, sie zu bewachen, wenn sie sich etwas in den Kopf gesetzt hatte. Wir konnten sie alle drei noch immer schreien hören. Pearl drückte mich an sich und hielt meinen Kopf dabei so fest, daß er zwischen ihren riesigen Brüsten versank wie eine Hand im Brotteig. Sie versicherte mir, daß man sich um meine Mutter kümmern würde und ich mir keine Sorgen mehr zu machen brauchte. Es sei höchste Zeit, daß sie endlich mal mit einem richtigen Medikament behandelt würde. Ja, es war wirklich höchste Zeit.

Wenigstens sollte Mutter ins Duke, und nicht ins Dorothea Dix State Hospital, eine extrem viktorianisch anmutende Institution für Geisteskranke, die auf der falschen Seite von Raleigh auf einem Hügel thronte. Daß diese Anstalt in unmittelbarer Nähe zur staatlichen Strafvollzugsanstalt lag, bestärkte mich in meinem unerschütterlichen Glauben, daß die Patienten des Dix und die geisteskranken Kriminellen ständig zwischen den beiden Anstalten hin- und hergekarrt wurden und womöglich in einem Labyrinth von Gängen verlorengingen. Abgesehen von Mr. Pipkin hatte ich zwar nie jemanden gekannt, der »ins Dix gesteckt« worden war, aber ich hatte Pearl aus der Morgenzeitung vorlesen hören, daß betrunkene Landstreicher, die wegen »verdächtigen Benehmens« festgenommen wurden, und die weder einen Ausweis noch irgendwelche Verwandte vorweisen konnten, ins Dix gekarrt wurden, um sich dort »einer Behandlung zu unterziehen«. Ich hatte den Eindruck, daß man, wenn man erst einmal dort war, nie wieder herauskam, und stellte mir vor, daß die Insassen schlabbriges Zeug auf Metalltabletts serviert bekamen und ohne Besteck essen mußten, genau wie die afrikanischen Kinder, die auf den CARE-Postern auf dem Boden kauerten und mit den Fingern aßen, weil sie mit dem angespitzten Ende eines Löffels entweder Selbstmord begehen oder einen anderen erstechen könnten.

Die Worte »schwachsinnig«, »debil«, »mongoloid« und »geistig zurückgeblieben« waren zu der Zeit noch nicht durch die große Hochleistungswaschmaschine der siebziger Jahre von ihrem anstößigen Klang gereinigt worden, und eine meiner schlimmsten Befürchtungen war, daß meine Mutter, falls man sie ins Dix schicken würde, ein Etikett verpaßt bekäme, das sie nie wieder loswerden würde. Während sie bisher lediglich als »die Barnes-Frau mit den vielen Problemen« bekannt war, wäre sie nach ihrer Rückkehr – wenn man sie überhaupt wieder nach Hause ließe – womöglich als Irre abgestempelt. Dazu kam, daß sie mit so harmlosen Ticks wie zwanghaftem Hemdenbügeln und Händewaschen eingeliefert werden und womöglich erst »hinter Gittern« lernen würde, zu sabbern und sich vollzukleckern. Genau wie ein kleiner Dieb, der ins Gefängnis muß, weil er ein paar Radkappen gestohlen hat, und dort lernt, wie man aus Frühstücksutensilien Mordwaffen baut, hätte auch meine Mutter die Eigenschaften der unheilbar Geistesgestörten in sich aufsaugen und ein Monster werden können.

Ich konnte die beruhigende Stimme meines Vaters in ihrem Zimmer hören und war erleichtert, daß er bei ihr war und ihre Satinpantöffelchen sowie mehrere von den erst kürzlich erworbenen Hauskleidern und Nachthemden zusammensuchte und in eine Tasche packte, um sie für die Fahrt ins Duke auszurüsten, wo die meisten Weißen hinfuhren, um ihr Krebsleiden, ihre Gallenblase oder ihren grauen Star behandeln zu lassen. Die Farbigen gingen ins Chapel Hill, das Lehrkrankenhaus. Aber für Leute wie uns kam nur das Duke in Frage. Es war sehr teuer. Ich hatte keine Vorstellung von der genauen Summe, aber ich wußte, daß ein Telefonat mit der Bank nötig war, um Geld von Mr. Barnes' Konto auf das meines Vaters zu überweisen. Ich war dabei, als dieses Gespräch stattfand, und war sehr froh, daß Mutter Zugang zu Mr. Barnes' tiefen Taschen hatte.

Ich war mir sicher, daß sie von den anderen Patienten im Duke keine abstoßenden Eigenschaften übernehmen würde. Die Frau des Bürgermeisters hatte sich dort am Knie operieren lassen und wurde nach ihrer Rückkehr im Kreise ihrer vielen Hunde photographiert, während sie die Ärzte des Duke pries, weil sie ihr Bein gerettet hatten. Dank der Großzügigkeit des Jaycee- und Kiwanis-Clubs wurden immer wieder Kinder von jenseits des Eisernen Vorhangs eingeflogen – einer Absperrung, die ich lange Zeit nicht für ein Symbol, sondern für eine Art überdimensionales Kettenhemd hielt, das rund um Rußland hing wie ein Plastikvorhang um eine klauenfüßige Badewanne –, damit ihre Augen korrigiert oder fehlende Nasen, Lippen und Gaumen geformt würden. Mr. Barnes hatte sämtliche Läden der Gegend abgeklappert und überall den obligatorischen Spielautomaten durch ein Einmachglas ersetzt, auf dessen Etikett die Bitte gekritzelt war, mit einer Geldspende dazu beizutragen, daß der Junge von Ida Wheeler ins Duke geschickt werden könne. Ida Wheeler war eine Witwe, deren Mann gestorben war, als einer der Traktoren meines Großvaters in einen Graben stürzte und ihn unter sich begrub. Es war gar kein Photo des gelähmten Kindes nötig, damit die Leute ihr Geld, das sie sonst in den Spielautomaten gesteckt hätten, in Mr. Barnes' Einmachglas warfen. Sie sahen den Jungen sowieso jedesmal, wenn sie am Haus der Wheelers vorbeifuhren. Dort saß er, mit Stoffstreifen festgezurrt, in seinem vorsintflutlichen Rollstuhl, den Ida neben sich unter der Wäscheleine, im Garten oder auf der Veranda stehen hatte. Ich selbst hatte ihn auch schon gesehen. Mit der Decke auf dem Schoß erinnerte er mich an den Jungen in *Der geheime Garten*, und ich stellte mir vor, daß er mit einem englischen Akzent sprach, aber er war nur ein bettelarmes, von Skoliose geplagtes Kind, dessen verdrehte Wirbelsäule dringend einen Stützapparat brauchte. Mr. Barnes war fest davon überzeugt, daß man ihm im Duke helfen konnte, weil er wie alle anderen wußte, daß die Ärzte des Duke einen ebenso guten Ruf genossen wie die Angeber im Johns Hopkins, wo alle Leute aus Virginia hinfuhren, weil die so eingebildet waren, daß für sie nur eine Behandlung in einem nördlich gelegenen Krankenhaus in Frage kam. Als Grundstock stiftete er für jedes Einmachglas einen Fünf-Dollar-Schein, und alle Leute wußten, daß Mr. Barnes, wenn er die Gläser wieder einsammelte, von den Ladenbesitzern einen genauen Bericht darüber verlangen würde, wer wieviel gespendet hatte. Diejenigen, die ihre Taschen nicht geleert hatten, mußten damit rechnen, knallhart abgewiesen zu werden, wenn sie das nächste Mal ausgetrocknet und zitternd an der Hintertür von Mr. Barnes' Spielsalons auftauchten.

Die Erniedrigung einer Zwangseinweisung blieb Mutter erspart, weil sie sich ohne Widerstand ins Duke fahren ließ. Sie war zu sehr mit Tabletten vollgepumpt, um sich zu widersetzen. Mr. Barnes und mein Vater holten sie aus dem Schlafzimmer, nein, sie schleppten sie eher. An meiner

Zimmertür machten sie halt, weil sie wollten, daß ich Mutter einen Abschiedskuß gab. In der Schule hatte ich Geschichten über Kinder gehört, die sich über einen Sarg beugen und ihrer Großmutter einen letzten Kuß geben mußten, und genauso fühlte ich mich, als ich die Lippen auf die Wange meiner Mutter preßte. Ihre Haut fühlte sich nicht mehr wie lebendiges, menschliches Fleisch an. Sie fühlte sich an wie die Haut eines Frosches, oder wie die eines sehr alten, kranken Menschen. Ich drückte ihre Hand, aber nicht zu fest, weil ich Angst hatte, daß meine Finger ganz in ihrem Fleisch versinken könnten. Vielleicht, so dachte ich, hatten der Alkohol und die vielen Zigaretten die herrliche Frische und Kraft aus ihrer Haut gesaugt. Ich wußte genug über die Eigenschaften bestimmter Chemikalien, um mir darüber im klaren zu sein, daß Alkohol große Ähnlichkeit mit der Flüssigkeit hatte, die zum Einbalsamieren von Leichen verwendet wurde. Das hatte mir die Tochter eines Bestattungsunternehmers erzählt, dessen Firma unpassenderweise *Bright's Funeral Home* hieß.

Ohne daß ich sie danach gefragt hatte, hatte sie mir einmal erzählt, daß die Haut eines toten Menschen nicht mehr elastisch war und daß ihr Vater die Leichen »mit Flüssigkeit aufpumpen« mußte, damit sie wieder rosig aussahen und sich gut anfühlten. Ein anderes Mal erzählte sie mir – wiederum unaufgefordert –, daß ihr Vater bei der Arbeit an den Leichen manchmal eine Plastiktüte aufsetze, nicht aus hygienischen Gründen, sondern um den Färbeprozeß seiner griechischen »Formel 66« zu beschleunigen. Ich war damals der Meinung, daß sie nicht nur von seinem Haar, sondern von seinem ganzen Kopf sprach, und die Vorstellung, daß er mit einer Plastiktüte über dem Kopf in den jalousienverdunkelten oberen Räumen von *Bright's* stand und seiner grauenvollen Arbeit nachging, ließ mich die ganze Nacht nicht schlafen. Von ihr wußte ich auch, daß sich die Haut von allen Leichen so anfühlte, als könne man sie vom Handgelenk bis zum Ellbogen schieben und wieder zurück, bis ihr Vater mit seiner Arbeit begann.

Meine Mutter war immer sehr stolz auf ihre jugendliche, glatte Haut gewesen, und jetzt hatte ich das Gefühl, als könnte ich diese Haut von ihrem Ellbogen bis zu ihrer neuen Rolex hinunterschieben. Sie kam mir vor wie eine Tote kurz vor dem Begräbnis, angetan mit einer Tausend-Dollar-Uhr. Sie hatte immer sehr auf ihre Erscheinung geachtet und ständig die revolutionären Wundermittel erstanden, die Helena Rubinstein jede Saison anbot. Meine Mutter wusch sich nicht einfach das Gesicht, sie *reinigte* es mit Hilfe eines feuchtigkeitsspendenden, mit Vitaminen und Proteinen angereicherten Präparats, das schon in einer einzigen Nacht Wunder wirkte und deshalb fünf Dollar pro Flasche kostete, obwohl man damit nur einen Monat auskam. Allerdings tat meine Mutter ihrer Haut nur dann soviel Gutes, wenn sie gesund war. Während ihrer manischen Exzesse hatten Nikotin und Alkohol ihren Muskeltonus schwer geschädigt und unter ihren Augen jede Menge Äderchen platzen lassen. Wäre sie in der Lage gewesen, sich auf ihr Spiegelbild zu konzentrieren, als Vater sie unmittelbar vor der langen Fahrt ins Duke ins untere Badezimmer schleppte, dann hätte sie bestimmt über die Verheerungen geweint, die die Krankheit in ihrem Gesicht angerichtet hatte. Sie war immer fest entschlossen gewesen, dem Alter keine Chance zu geben und nie so zu werden wie die häßlichen Tanten, die in der Kirche um uns herum saßen und Mutters verwöhnte Augen mit ihren Leberflecken, haarigen Warzen, Hamsterbacken und Damenbärten beleidigten.

Aber als Mutter an diesem Tag den Gang hinunterschwankte, sah sie aus, als wäre sie in den sechs schlimmen

Wochen, die ihr Geist ihrem Körper gerade beschert hatte, um zehn Jahre gealtert. Ich fragte mich, ob das Duke in der Lage sein würde, diese Jahre zurückzunehmen. Konnten sie ihr Injektionen von der Art geben, wie sie laut Pearls Kinozeitschriften verkaterte Filmstars bekamen? Konnten sie ihre Schönheit auf eine ähnliche Weise wiederherstellen wie Mr. Bright, der die Leute so fachmännisch aufpumpte, daß die Hinterbliebenen sagen konnten, der oder die Verstorbene habe noch nie so schön ausgesehen? Ich weiß noch, daß ich Mutter verwandelt wiederhaben wollte. Ich erinnere mich, daß ich ihr alles Gute wünschte, eine gute Reise, *bon voyage.*

8

Wie ich schon gesagt habe, war Mutter nicht immer krank. Sie hatte Angst, daß die Lehrer an Freddys Schule und die Mütter der anderen Kinder glauben könnten, sie sei nicht normal. Sobald sie sich einigermaßen gut fühlte, marschierte sie zur Schule, um ihren exzellenten Geisteszustand zu demonstrieren. Sie hat mir nie erzählt, wie die anderen Frauen sie auf diesen Exkursionen in die Normalität behandelten. Ich kann nur hoffen, daß sie nett zu ihr waren und ihr genug Zeit gaben, den Raum zu verlassen, ehe sie zu tuscheln begannen. Meist war es Pearls Aufgabe zu beurteilen, ob Mutter der Schule einen Besuch abstatten konnte oder nicht. Sie versuchte dann, ihren geistigen Zustand einzuschätzen, ehe sie eine Entscheidung traf, und in der Regel lag sie richtig. Einmal aber – Freddy war damals zwölf – gelang es Mutter, sie hinters Licht zu führen.

»Es schien ihr gut zu gehen«, erzählte Pearl mir später. Mutter informierte Pearl, daß sie mittags einen Termin bei

Freddys Lehrer habe. »Sie war auch völlig normal gekleidet. Das war der Hauptgrund, warum ich ihr auf den Leim ging«, erinnerte sich Pearl.

Freddys Klasse hatte gerade Sport, als Mutter eintraf. Sie spielten Softball, und Freddy saß auf der Bank und wartete auf seinen Einsatz, als er plötzlich seine winkende Mutter am Spielfeldrand entdeckte.

»Sie sah aus, als führte sie etwas im Schilde. Ich hatte keine Ahnung, was. Aber ich wußte genau, daß sie kurz davor war, den Mund aufzumachen und weiß Gott was zu sagen«, erklärte mir Freddy. Er versuchte so zu tun, als wäre sie gar nicht da, und hoffte, sie würde wieder verschwinden, aber jedesmal, wenn er aufblickte, sah er sie am Spielfeldrand stehen und ihm immer hektischer zuwinken. Er sah, wie der Coach auf sie zuging, wahrscheinlich, um sie zu fragen, ob er ihr helfen könne, aber Mutter schüttelte den Kopf und deutete in seine Richtung. Der Coach kehrte aufs Spielfeld zurück, um den Jungs seine Anweisungen zu geben. Freddy stand auf, um den Schlagmann abzulösen, und während er ihm den Schläger aus der Hand nahm, hörte er, wie Mutter hinter seinem Rücken zischte, um ihn auf sich aufmerksam zu machen.

»Ich habe ihr zugewinkt«, erzählte Freddy. »Ich hoffte, daß sie sich damit zufriedengeben würde. Vielleicht würde sie mir beim Schlagen zusehen und dann wieder gehen.«

Er nahm seinen Platz ein, aber der Coach forderte ihn auf, etwas weiter nach hinten zu gehen. Er tat, wie ihm geheißen. Dann hörte er Mutter schreien.

»Er braucht nicht nach hinten zu gehen!« rief sie. »Er kann den Ball schlagen, wo er will!«

»Die meisten Kinder waren so geschockt, daß sie vor Schreck kein Wort herausbekamen, und die anderen kriegten sich vor Lachen gar nicht mehr ein«, erinnerte sich

Freddy. Er selbst sei so wütend gewesen, daß er nicht einmal weinen konnte.

Der Coach trat an den Stacheldrahtzaun und sprach wieder mit Mutter. Diesmal deutete er in Richtung des Parkplatzes, wo Hubert mit dem Oldsmobile auf sie wartete. Immerhin, so erzählte Freddy, habe sie nicht wieder geschrien, als der Coach sie zum Gehen aufforderte, sondern ihrem Sohn noch größere Peinlichkeiten erspart, indem sie so leise sprach, daß die anderen Kinder sie nicht verstehen konnten. Nur Freddy und der Fänger hörten, wie sie dem Coach zur Antwort gab: »Fahren Sie doch zur Hölle!« Als sie endlich weg war, wurde Freddy sofort ausgewechselt und mußte den Rest des Spiels auf der Bank sitzen, was er sehr ungerecht fand. Er brauchte zwei Wochen, bis er den Zwischenfall wieder ausgebügelt hatte, und die Geschichte verbreitete sich wie Masern in der ganzen Schule.

Als er nach Hause kam, ging Freddy das Risiko ein, Pearl zu schelten, weil sie Mutter aus dem Haus gelassen hatte. Das kam für Pearl völlig überraschend, denn Mutter war so strahlend zurückgekommen wie sie aufgebrochen war – als hätte sie von Freddys Lehrer genau die begeisterte Lobeshymne gehört, die sie erwartet hatte. Pearl stand in Freddys Zimmer und ließ ihm Zeit, seine Wut an ihr abzureagieren. Nach einer Weile unterbrach sie ihn. »Ich habe genug gehört«, erklärte sie. Freddy wandte sich seinen Hausaufgaben zu und versuchte nicht mehr an die Ereignisse des Tages zu denken. Pearl brachte ihm das Abendessen auf einem Tablett nach oben, damit er Mutter nicht sehen mußte. Meinen Eltern erklärte sie, daß er an einer Arbeit sitze, die er am nächsten Tag abgeben müsse. Laut Pearl erwähnte Mutter den Vorfall mit keinem Wort. Als Pearl sie fragte, wie der Besuch in der Schule gelaufen sei, antwortete sie: »Gut. Recht gut.«

Von da an achtete Pearl noch kritischer auf Mutters Gemütszustand, wenn diese mal wieder verkündete, der Schule einen Besuch abstatten zu wollen.

»Ich ließ sie nur gehen, wenn sie vorher schon eine Woche lang einen stabilen Eindruck gemacht hatte«, erklärte mir Pearl. »Und selbst dann mußte ich ihr lange in die Augen sehen, um herauszufinden, ob sie tatsächlich einen Termin hatte oder mich nur anflunkerte.«

Wenn Pearl der Meinung war, daß Mutter zu Hause bleiben sollte, erfand sie eine Reihe von Gründen, um sie von ihrem Vorhaben abzubringen. Hubert war nicht da, oder er hatte den Autoschlüssel verlegt, oder der Wagen wollte nicht anspringen. Wenn Mutter auf die Idee kam, statt dessen Mr. Barnes zu bitten, sie zu chauffieren, sah Pearl sich gezwungen, schwerere Geschütze aufzufahren. In dem Fall erklärte sie Mutter geradeheraus, daß sie sie für zu krank hielt, um das Haus zu verlassen.

»Sie steuerte auf das Telefon zu, um Mr. Barnes anzurufen, und ich mußte sie aufhalten und ihr erklären, daß sie nicht in der richtigen Verfassung war. Ich sagte zu ihr: ›Sie haben vielleicht das Gefühl, daß es Ihnen gut geht, aber das stimmt nicht.‹«

Normalerweise akzeptierte Mutter Pearls Rat mit der Bemerkung, daß sie ja ein andermal hinfahren könne, aber einmal sagte sie: »Du hast recht, Pearl. Aber ich will trotzdem in die Schule und Freddy dafür entschädigen, daß ich bin, wie ich bin.«

»Und wie sind Sie Ihrer Meinung nach?« fragte Pearl.

»Na, verrückt eben«, antwortete sie. »Kein Kind kann eine verrückte Mutter gebrauchen.« Als Pearl mir das erzählte, dachte ich voller Bedauern daran, wieviel Wahrheit in Mutters Selbsterkenntnis steckte.

In dem Jahr, als ich sechs wurde, hielt Pearl Mutter im

Herbst für gesund genug, um bei einer Schulaktion mitzumachen. Eine Frau rief bei uns an und erklärte Pearl, daß alle Kinder mit einem entsprechenden Formular nach Hause kämen. Als ich Freddy fragte, was er damit gemacht habe, antwortete er, er habe es noch im Klassenzimmer weggeworfen. Die Schule suchte Freiwillige, die für die Aula herbstlich geschmückte Schwarze Bretter basteln sollten, und die Frau, die bei uns angerufen hatte, war mit Mutter in die High-School gegangen und erinnerte sich an ihre künstlerische Ader: Mutter hatte im Kunstunterricht einmal einen Preis gewonnen. Anscheinend waren die Gerüchte über Mutters Gemütszustand noch nicht bis zu ihr durchgedrungen. Mutter sagte, daß sie gerne etwas für die Aula entwerfen würde, und Pearl war froh, daß Mutters gute Phase dadurch vielleicht noch eine Weile andauern würde.

Freddy war sich da nicht so sicher. Er wollte nicht, daß sich seine liebe Mutter ausgerechnet vor den Augen seiner Klassenkameraden in die Mutter verwandelte, die einen Coach zum Teufel schicken konnte. Obwohl sie sich, als es soweit war, überhaupt nicht sonderbar oder auffallend benahm, finde ich es noch heute hart, mir vorzustellen, was für ein Streß es für Freddy gewesen sein muß, als sie mit ihrer ganzen Ausrüstung in seiner Schule anrückte – mit ihren Scheren, ihrem Tacker und den Kürbissen, Hexen, Pilgervätern und sonstigen Gestalten, die sie fein säuberlich aus festem Papier ausgeschnitten hatte. Später, als Freddy die Mittelschule besuchte, arbeitete sie eine Zeitlang als Aushilfe in der Bibliothek. Wieder sah Freddy darin keineswegs einen Versuch ihrerseits, so etwas wie eine normale Mutter zu sein, die ruhig dasaß und Kennzeichnungen auf Buchrücken klebte. Statt dessen befürchtete er, daß sie erneut die Gelegenheit nützen könnte, ihn durch ihr Verhalten in eine peinliche Situation zu bringen. Er stand damals an der Schwelle zur Pubertät. Selbst wenn er eine normale Mutter gehabt hätte, wäre es ihm wahrscheinlich nicht recht gewesen, wenn sie an seiner Schule aufgetaucht wäre. Jahre später erzählte er mir, daß er damals Angst gehabt habe, ins Büro des Direktors zitiert zu werden und dort, in einem Sessel zusammengesunken, seine schluchzende Mutter vorzufinden. Vor seinem geistigen Auge habe er sie orientierungslos durch die Gänge irren sehen, bis sie jemand fand, der sich um sie kümmerte. Andere Jungen in seinem Alter träumten davon, mit einer hübschen Lehrerin in einen Umkleideraum eingesperrt zu werden, aber Freddy sah sich in seinen Alpträumen mit riesenhaften Vertretern der Schulbehörde konfrontiert, die mit gerunzelter Stirn auf ihn hinunterblickten und ihn fragten, was er denn wegen seiner Mutter zu unternehmen gedenke. Während er sich unruhig hin und her warf, sah er Mutter im Traum wieder und wieder am Spielfeldrand stehen.

Nachdem sie im Herbst all die Schwarzen Bretter gebastelt hatte, rief im darauffolgenden Frühjahr jemand von der Schule an und teilte ihr mit, daß man sie im Rahmen einer Preisverleihung mit einer Urkunde ehren wolle. Sie nahm an der Zeremonie nicht teil, weil sie zu dem Zeitpunkt nicht aus dem Bett kam, aber als die Urkunde sie bald darauf mit der Post erreichte, war sie in eine manische Phase eingetreten. Aus irgendeinem Grund brachte die Ehrung sie in Rage. Sie zerriß die Urkunde, warf die Fetzen ins Spülbecken und zündete sie vor Freddys Augen an. Er erinnert sich noch heute an den Moment, als die Flamme sich in den Rand des Papiers fraß. Eine Woche später ging es ihr dann wieder besser. Sie rief in der Schule an und verlangte eine Ersatzurkunde. Das Original sei offenbar in der Post verlorengegangen. Die Schule schickte eine neue Urkunde, die Mutter einrahmen ließ und im Arbeitszimmer neben die Auszeichnungen hängte, die Vater für seine Verdienste als progressiver Farmer verliehen worden waren. Sie hoffte, daß die Leute, die den Text lasen, wissen würden, daß auch sie irgendwann und irgendwo eine glückliche Zeit erlebt hatte und gut mit ihren Mitmenschen ausgekommen war.

Wenn Pearl und Olive nicht gewesen wären, wäre mein Vater wahrscheinlich auch geisteskrank geworden. Er tat nie etwas für sich selbst. Er hatte keine Hobbys und sah sich nur ganz selten mal eine Fernsehshow an, und auch das nur, wenn Mutter ihn nicht an ihrer Seite brauchte. Die einzige Entspannung, die er sich gönnte, waren die Abendnachrichten. Diese Zeit war für ihn reserviert, die einzige Stunde am Tag, die ihm allein gehörte. Aber selbst dann konnte es vorkommen, daß meine Mutter ihn störte und nach oben rief, weil sie wollte, daß er mit ihr ins Bett ging oder sich einfach neben sie setzte. Ich fragte mich immer, was ihm wohl durch den Kopf ging, während er wortlos die Treppe hinaufging. Mutter rief nie nach Freddy oder mir, immer nur nach ihm, oder, wenn er nicht zu Hause war, nach Pearl. Manchmal hörte ich auch, wie sie am Telefon zu Mr. Barnes sagte: »Du mußt kommen und mich abholen.« Wie es seine Art war, eilte er dann sofort herbei, um sie vor dem zu retten, was sie im Haus oder in sich selbst gerade nicht ertragen konnte. An einem der ersten Abende, an denen ich nicht mehr in einem Kinderbett schlief, sondern selbst aus dem Bett steigen konnte, lief ich zu ihr, als ich sie Vaters Namen rufen hörte. Er kam an die Tür und schickte mich wieder ins Bett. Dann schlossen sie die Tür, so daß ich mir kein genaueres Bild von dem machen konnte, was ich durch den Türspalt gesehen hatte: meine Mutter, die mit angezogenen Beinen in der Ecke kauerte und schluchzte. Ich weiß noch, wie ich vor der verschlossenen Tür stand und auf mein kleines Gesicht starrte, das in dem Messingtürknauf völlig verzerrt aussah, und dann nach unten in die Küche lief, zu Pearl, die mir ein großes Stück Ananaskuchen gab.

Ich habe seitdem nie wieder einen Menschen kennengelernt, der ständig so erschöpft war wie mein Vater damals. Er sagte oft, daß er um drei Uhr morgens aufgewacht sei und nicht wieder habe einschlafen können, sondern nur gelauscht habe, ob Mutter sich bewegte. Sie konnte so gerissen sein. Er lebte in ständiger Alarmbereitschaft. Wenn meine Mutter in einem nie endenden Pessimismus zu verharren schien, machte er sich Pearl zufolge Vorwürfe, weil er nicht in der Lage war, ihren Zustand durch seine Liebe zu verbessern. Seine Enttäuschung darüber nagte an ihm und führte zu chronischen Magenbeschwerden, Rückenschmerzen und anderen ständig wiederkehrenden gesundheitlichen Problemen. Oft wurde seine Verzweiflung noch durch das Gefühl gesteigert, daß er eine unerschöpfliche Quelle der Geduld und Toleranz sein mußte, um Mutters wechselnde Launen überstehen zu können.

Ich war fünf Jahre alt, als er eines Tages Fanny mit nach Hause brachte, einen Jack-Russell-Terrier, weil Mutter gesagt hatte, daß sie sich einen kleinen Hund wünsche. Vater stieß mit seinem Geschenk auf unverhohlene Feindseligkeit.

»Das ist nicht die Sorte Hund, die ich wollte!« schrie sie.

»Ich habe geglaubt, er würde dir gefallen«, antwortete er gelassen.

Ich stand mit den beiden in der Küche. Vater reichte mir den Welpen und bat mich, ihn nach draußen zu bringen. Auf der Haustreppe blieb ich stehen und lauschte.

»Ich werde ihn zurückbringen und sehen, was der Züchter sonst noch hat«, bot Vater an.

»Vergiß es!« antwortete sie.

Ich dachte damals, daß ich an Vaters Stelle den kleinen Hund zurückbringen würde, ohne Mutter einen anderen zu besorgen. Wenn sie den Kleinen nicht wollte, mußte sie eben ohne Haustier auskommen. Ich fand den Hund sehr süß. Aber Vater redete weiter auf sie ein und fragte sie immer wieder, was für eine Sorte Hund sie denn wolle. Ich hatte das Gefühl, daß er bis ans Ende der Welt gehen und jeden Preis bezahlen würde, um einen geeigneten Hund zu bekommen.

»Hast du nicht gehört, was ich gesagt habe? Vergiß es!« antwortete sie.

Vaters Stimme klang immer noch gelassen, als er sagte: »Na schön, dann bringe ich den Hund heute nachmittag eben zurück.«

»Das ist mir völlig egal!« schrie sie. »Verpiß dich einfach! Du und dein blöder kleiner Hund!«

Ich hatte keine Ahnung, was sie mit »verpissen« meinte, aber ich merkte mir das Wort, damit ich mich später nach seiner Bedeutung erkundigen konnte. Vater brachte den Hund nicht gleich zurück. Ich blieb draußen und spielte mit ihm. Gegen Mittag war Mutter bereits in Tränen aufgelöst und entschuldigte sich dafür, daß sie auf Vaters Aufmerksamkeit so häßlich reagiert hatte. Wir behielten die Hündin, und ein Jahr später verdiente sich Freddy ein zusätzliches Taschengeld, indem er ihre Jungen verkaufte.

Als Vater Mutter heiratete, hatte er mit einer strahlenden Zukunft gerechnet, und jetzt beschimpfte sie ihn manchmal auf so gemeine Weise oder behauptete, ihn nicht mehr zu lieben. Manchmal sagte sie zu uns allen, daß es in ihrem Leben nichts gebe, wofür es sich zu leben lohne. Ich sehe sie noch heute in der Küche neben dem Herd stehen und uns anschreien, wir sollten endlich verschwinden, damit sie das

Gas aufdrehen und sich umbringen könne. Ich war damals noch sehr klein und hatte entsetzliche Angst, daß Vater uns hinausscheuchen und zulassen würde, daß Mutter den Kopf in den Ofen steckte. Er wußte, daß sie sich für ihr Verhalten entschuldigen würde, wenn es ihr wieder besser ging, aber das änderte nichts daran, daß er sich von der Frau, die er liebte, anhören mußte, daß weder er noch ihre Kinder noch das Heim, das er als Zufluchtsstätte für sie geschaffen hatte, ihr irgend etwas bedeuteten. Wenn es ihr gut ging, vergötterte sie ihn. In ihren manischen Phasen konnte sie die Finger nicht von ihm lassen. Wenn sie depressiv war, schien sie ihn und alles, was er tat, zu verabscheuen.

Wir hatten nie genug Zeit, uns von einem solchen Zwischenfall zu erholen, weil schon bald der nächste folgte. Sie riß unsere Seelen in Stücke, und wenn wir glaubten, es sei endlich wieder Ruhe eingekehrt, ging es von neuem los. Egal, ob ihre Krankheit sie bedrohliche Dinge sagen ließ oder nicht, eines wollte Vater nie hören: daß sie ihn nicht liebe. Natürlich ging es Freddy und mir genauso. Es war schwer, sich ständig klarzumachen, daß das bloß leere Worte waren, die sie aussprach, weil sie nicht anders konnte. Es kostete mich große Mühe, mir diese Tatsache immer wieder ins Gedächtnis zu rufen. Meinem Vater ging es genauso. Die ersten Sätze, die ich mir im Alter von vier Jahren einprägte, stammten von ihm. Noch heute kann ich seine Stimme hören. Es ist Schlafenszeit, und er ist mit Mutter im Bad. Er bittet sie, irgendwelche Worte zurückzunehmen, ganz weit zurück.

2

9

Ich bin immer der Meinung gewesen, daß zwei Tage im Juni 1963 kennzeichnend für das damalige Leben meiner Familie waren: unsere ganze Welt in Kleinformat. Es war, als wäre vorübergehend die Zeit stehengeblieben, um unseren Problemen und Frustrationen Gelegenheit zu geben, sich so richtig zu entfalten. In diesem kurzen Zeitraum erlebten wir Mutter krank und gesund, schwach und stark, durchschaubar und rätselhaft. Damals rollte geradezu eine Lawine ungewohnter Ideen und Empfindungen über mich hinweg, daß ich Jahre brauchte, um das Geröll zu sortieren und mir Gedanken darüber zu machen, was für mein Leben brauchbar war, und wieviel ich davon behalten sollte. Damals begann ich zum erstenmal meinen Bruder zu verstehen, ihn als Mitglied der Familie zu sehen, als die wir an jenem Wochenende durchzugehen versuchten. Vorher war es mir immer so vorgekommen, als würde zwischen ihm und unseren Eltern ein großer Abstand bestehen, als hätte er kein Bedürfnis nach der mütterlichen Zuwendung, nach der ich so hungerte. Wir behandelten ihn wie einen Pensionsgast, und er selbst schien sich auch so zu sehen. Aber er überraschte mich. Ich entdeckte, daß er und ich das gleiche Programm hatten. Er war der Typ Junge, der einen anderen wegen seines komischen Gangs ausgelacht hätte, und deswegen erstaunt es mich nicht, daß die erste klare, durch Fakten untermauerte und wirklich verläßliche Erinnerung, die ich an meinen Bruder habe, von dieser Art ist. Noch heute höre ich, wie er mich auslacht, während ich auf dem Balkon von Mr. Barnes' Strandhaus stehe, das ich als herrlich windschief in Erinnerung habe, und mich über das Geländer übergeben muß.

Abgesehen von seiner enormen Größe war das Haus nicht besonders beeindruckend. Es war zweistöckig, stand auf Stelzen, hatte ein Kuppeldach und einen Wandelgang und war mit zwei Öfen, zwei Kühlschränken und den ausrangierten Sofas, Sesseln und Teppichen der ganzen Familie ausgestattet. Sämtliche Zimmer waren mit Kiefernholz vertäfelt, das im Lauf der Jahre hier und da ein paar Dellen abbekommen hatte, weil ungestüme Enkelkinder an Regentagen mit Dreirädern und roten Spielzeugtraktoren dagegengefahren waren. Der Küchentisch, auf dem eine rotweiß karierte Tischdecke aus Wachstuch lag, bestand aus drei Türen, die auf Sägeböcken lagen und rechtwinklig miteinander verbunden waren, so daß sie ein großes U bildeten. Es gab vier Schlafzimmer, eines für die Hausmädchen und die Köchinnen, eines für Mr. Barnes und zwei weitere für seine Söhne und deren Ehefrauen. Die kleineren Kinder schliefen im Schlafzimmer ihrer Eltern auf einer Ausziehcouch. Die älteren wurden auf den Schlafbalkon verbannt, der die ganze Länge des Hauses einnahm und auf dem man jede Brise und jedes Geräusch des Meeres mitbekam.

Mr. Barnes lag nie etwas daran, das Haus besonders luxuriös einzurichten. Er selbst war in so armen Verhältnissen aufgewachsen, daß er sich als Junge mit seinen zwei Brüdern ein Bett teilen mußte und über seinem Kopf die Sterne sehen konnte, wenn er durch die Ritzen in der Holzdecke spähte. Mit dem Strandhaus erfüllte er sich einen Kindheitstraum. Es war ihm egal, daß Grundstücke am Strand eigentlich die Domäne reicher Städter waren. In den Ferien waren seine Nachbarn Geschäftsleute, mit denen er, abgesehen von seinem Interesse an Investitionen, wenig gemeinsam hatte. Während andere Männer in legerer Kleidung – meistens Bermuda-Shorts und T-Shirts – herumliefen, absolvierte Mr. Barnes seine Strandspaziergänge in grauen Hosen und einem gestärkten weißen Hemd, das er zwei- oder dreimal am Tag wechselte und damit Pearl oder Tante Menefees Hausmädchen – je nachdem, wer gerade an der Reihe war – eine Menge Ferienwäsche bescherte. Die gewaschenen Hemden mußten in Argo-Stärke eingeweicht und anschließend in eine Plastikhülle gerollt und über Nacht eingefroren werden. Am nächsten Tag wurden sie getrocknet, hinterher wieder mit Wasser besprenkelt und dann gebügelt. Meine Mutter redete Mr. Barnes gut zu, sich angemessener zu kleiden, und wenn er mit ihr zum Einkaufen fuhr, lockte sie ihn in die Herrenabteilungen der Kaufhäuser, um ihm die sommerlichen Strickhemden schmackhaft zu machen, die mit offenem Kragen getragen wurden, aber er weigerte sich standhaft, seine gestärkten Hemden aufzugeben. Lediglich bei den Schuhen kapitulierte er schließlich, indem er seine braunen Lederschnürschuhe mit leichten Leinenschuhen zum Schlüpfen vertauschte. Er trug jedoch weiterhin dunkle Socken. Meinem Vater erklärte er, daß nur ein Mann mit Fußpilz weiße Socken tragen sollte.

Mir ist nicht bekannt, daß er je seine Nachbarn aus Nash County in das Strandhaus eingeladen hätte. Er überließ es ihrer Phantasie, sich die dortige Pracht vorzustellen. Die Frauen der Farmer, die zu Hause seine Nachbarn waren, müssen erst meiner Großmutter und später meinem Großvater dabei zugesehen haben, wie sie den Wagen für einen Ausflug zum Strand beluden, während sie selbst sich im

Sommer höchstens auf das Einmachen von Pfirsichen oder das Häckseln von Baumwolle freuen konnten. Wenn sie überhaupt irgendwohin fuhren, dann nach White Lake, wo sie nachts in engen Hütten schwitzten und sich tagsüber vielleicht die fünfzig Cent teure Fahrt im Glasbodenboot gönnten, nur um dann nichts als Schlamm zu sehen, wenn sie zwischen ihren Füßen nach unten sahen. Sie hatten weder ein Kuppeldach, von dem aus sie die Schiffe in der Ferne beobachten konnten, noch einen Balkon, um die leichte Brise zu genießen. Sie saßen nicht um einen Tisch herum, auf dem auf Zeitungen Berge von gekochten Shrimps lagen, die sie nur noch zu schälen und genüßlich in geschmolzene Butter zu tauchen brauchten.

Trotz meiner acht Jahre hielt Mr. Barnes mich für zu jung, um auf dem Balkon zu schlafen. An dem Nachmittag, an dem ich mich übergeben mußte, sollte ich eigentlich neben meiner mit Schlaftabletten vollgepumpten Mutter im Bett liegen und auf sie aufpassen, damit mein Vater mit Onkel Lawrence ein paar ungestörte Minuten am Strand verbringen konnte. Pearl und Olive konnten nicht auf sie aufpassen, weil sie mit ihrer eigenen Familie ein paar Tage Urlaub am Carolina Beach machten, den ich nur unter der Bezeichnung »Farbigen-Strand« kannte. Mutter hatte uns an diesem Morgen mit der Neuigkeit geweckt, daß sie vorhabe, von Mercers Angelsteg zu springen. Sie war schon bei unserer Abfahrt von zu Hause nicht ganz »richtig« gewesen, wie Pearl es ausgedrückt hatte, und auf dem Weg zur Küste wurde es noch schlimmer. Vater versicherte ihr immer wieder, daß sie sich in Mr. Barnes' Gesellschaft bald besser fühlen würde.

»Er schafft es immer, dich aufzuheitern, Maggie«, meinte Vater.

Ich wußte, daß das nicht stimmte, jedenfalls nicht immer.

Auch Mr. Barnes hatte sie bisher nicht heilen können. Mutter drehte den Kopf zum Fenster und schluchzte so herzzerreißend, daß schon nach kurzer Zeit die Scheibe beschlug. Freddy seufzte mit einer Mischung aus erwachsener Resignation und pubertärer Gereiztheit. Er wußte, daß wir eine lange Fahrt vor uns hatten. Und das ohne Pearl. Ich hoffte, daß Mr. Barnes tatsächlich in der Lage sein würde, Mutter zu helfen. Noch trauriger konnte sie ja kaum werden.

»Warum weinst du, Liebling?« Vater legte ihr die Hand auf die Schulter.

Sie schob seine Hand weg, drückte sich noch enger gegen die Wagentür und antwortete: »Ich weiß es nicht. Ich weiß es wirklich nicht.«

Zumindest wußte ich, daß es nichts mit mir zu tun hatte. Ich hatte sie schon oft genug ohne jeden Grund weinen sehen, um zu wissen, daß sie keinen Katalysator brauchte. Während ich mir an anderen Tagen die Schuld an ihren Stimmungsschwankungen gab, tat ich das an dem Tag nicht. Ich entspannte mich ein bißchen, froh darüber, mich nicht schuldig fühlen zu müssen. Freddy dagegen kochte vor Wut. Er versuchte zu lesen, klappte sein Buch aber immer wieder zu und seufzte vor Verzweiflung darüber, daß er mit ihr im Wagen gefangen war. Später hat er mir einmal erzählt, daß er sich gut an diese Fahrt erinnern könne. Er wußte noch genau, daß es ihm damals lieber gewesen wäre, Mutter und Vater hätten die Fenster hochgekurbelt und geraucht, statt sich Mutters unaufhörliches Weinen anhören zu müssen. »Bei dem Geheule konnte doch kein Mensch lesen!« sagte er. Wenn sie weinte, konnte man sowieso kaum etwas anderes tun, als sich zu fragen, wie man dem ein Ende setzen könnte. Viele Jahre später, als meine Kinder beide krank waren und ständig weinten, hatte ich dasselbe frustrierende Gefühl, nicht zu wissen, was ich tun sollte. Wäre sie nicht meine Mutter gewesen, und wären es nicht meine Kinder gewesen, hätte ich vielleicht einfach den Ton leiser stellen können.

Ich war auch nicht in der Lage, mich neben sie ins Bett zu legen, denn zu meinem Leidwesen drang von draußen das Geschrei der am Strand spielenden Kinder herein – Kinder, die nicht von ihrem Großvater gezwungen wurden, »die schlimmste Mittagshitze« im Haus zu verbringen. Nachdem Freddy und ich erfahren hatten, daß wir noch ein paar Stunden warten mußten, bevor wir wieder nach draußen durften, erklärte Freddy Vater, daß er das ungerecht finde.

»Ungerecht ist bloß«, antwortete mein Vater ungeduldig, »daß es in Kalkutta Kinder gibt, die in Kanalrohren leben müssen.«

Freddy weigerte sich, Vaters aufgebrachter Bemerkung irgendeine Bedeutung beizumessen. Dafür hatte er sie schon viel zu oft gehört. Als Vater ihm riet, sich ein ruhiges Plätzchen zu suchen und ein Buch zu lesen, verließ Freddy steifbeinig das Zimmer. Vater küßte mich auf die Stirn und gab mir die Anweisung, vom Balkon aus nach ihm zu rufen, wenn Mutter aufwachte. Er sah, daß ich über meine Aufgabe nicht glücklich war. Freddy hatte sich offen geweigert, auf sie aufzupassen, und Vater hatte ihn nicht dazu gezwungen. Er versicherte mir, daß sie noch mindestens eine Stunde schlafen würde. Nach Mutters Tod sagte Vater einmal zu mir, wie sehr er es bedauere, oft so schnell mit starken Schlafmitteln bei der Hand gewesen zu sein, um sie außer Gefecht zu setzen, und meinte in diesem Zusammenhang: »Junge, die Dinger hatten vielleicht eine Wirkung. Wumm, und schon war sie weg!« Damals aber glaubte ich nicht, daß sie wirklich noch eine Stunde schlafen würde. Ich war mir sicher, daß sie aufwachen würde, sobald Vater das Haus verlassen hatte, und bestimmt würde sie sich über meine Anwesenheit in ihrem Zimmer wundern. Sie würde sich zu mir umdrehen und fragen: »Warum bist du hier?« Und ich würde nicht wissen, was ich darauf antworten sollte. Dann würde ich auf den Balkon hinauslaufen und laut nach meinem Vater schreien müssen, als hätte ich plötzlich irgendwo eine dicke Rauchwolke entdeckt. Statt mich neben Mutter zu legen, schlüpfte ich mit meiner lebensgroßen Puppe Lou Effie auf den Balkon hinaus, um dort zu warten, bis Tante Menefees dreijährige Zwillinge aus dem ohnmachtsähnlichen Nachmittagsschlaf erwachen würden, zu dem Kinder nur am Meer fähig zu sein scheinen, wenn alle Fenster weit aufgerissen sind und neben ihnen auf dem Boden ein Ventilator läuft, oder in den fiebrigen, schweißgebadeten Nächten, wenn sie mit Masern oder einer Halsentzündung im Bett liegen und Kodein geschluckt haben. Während ich mit Lou Effie spielte, sah ich, ohne ihn zu stören, auf Mr. Barnes hinunter, der unten auf der Verandaschaukel saß und *The Coastal Times* las, eine Nachmittagszeitung, die von sich selbst behauptete, »das beste Fischeinwickelpapier auf dem Markt« zu sein. Er trug ein frisches weißes Hemd und schaukelte langsam vor und zurück, vor und zurück, genau wie die Wellen am Strand. Ich weiß noch, daß ich damals dachte: »Das paßt genau zusammen.« Das Rauschen des Ozeans und das Quietschen der Schaukel waren im perfekten Einklang, und ich lauschte diesem übereinstimmenden Rhythmus, während ich Lou Effie aus- und wieder anzog. Dann wurde mir plötzlich kalt und übel, und ich spürte, wie in meinem Hals das Mittagessen wieder hochkam. Ich hatte gerade noch genug Zeit, ans Geländer zu laufen. Da von der obersten Stange des Geländers bis zum Dach ein Netz aus feinmaschigem Drahtgeflecht gespannt war, mußte ich meine Lippen gegen die rostige Absperrung pressen und mich auf eine Weise übergeben, die eine natürliche und unfreiwillige Körperfunktion noch erniedrigender als nötig machte. Der Draht war gespannt worden, nachdem mein Cousin Marshall als Baby vom Balkon gefallen war und sich das Schlüsselbein gebrochen hatte.

Ich hätte mich unmöglich auf den Boden des Balkons übergeben können. Schließlich war ich ein Kind, das wußte, was sich gehörte. Andererseits war mir klar, daß mir nicht genug Zeit blieb, um den langen Weg durchs angrenzende Schlafzimmer bis ins Bad zu schaffen. Womöglich hätte mich Tante Menefee dabei ertappt, wie ich auf allen vieren auf dem Boden gekauert wäre und wie ein krankes Hundebaby den Teppichboden ruiniert hätte. Mein Ziel war, über die Veranda hinauszutreffen und mein Mittagessen auf den Sand zu katapultieren, wo es niemanden stören würde, vor allem nicht Mr. Barnes, der etwa vier Meter unter mir Zeuge meiner Qual wurde. Leider gelang es mir nicht, meinen Plan in die Tat umzusetzen. Freddy und ich haben die Situation später von einer erwachsenen, medizinischen Warte aus analysiert und sind übereingekommen, daß nur Patienten in der letzten, häßlichen Phase der Beulenpest sowie männliche Säuglinge mit Pylorusverengung jemals in der Lage wären, den Druck zustandezubringen, den ich gebraucht hätte, um meinen aus Erdnußbutter und Marmelade bestehenden Mageninhalt auf den Sand hinauszubefördern. Mein Blutdruck muß gegen Null gegangen sein, denn ich kann mich noch daran erinnern, was mir damals durch den Kopf ging: Ich muß mich mit beiden Händen an die Drahtabsperrung klammern, sonst falle ich um und sterbe. Und dann kam Freddy, sah mich in meinem Baumwollhöschen und dem verschmierten T-Shirt am Geländer lehnen und begann lauthals zu lachen.

Mr. Barnes warf seine Zeitung weg, eilte die Stufen der

Veranda hinunter und ging rückwärts ein paar Schritte in den Sand, bis er sehen konnte, was auf dem Balkon vor sich ging.

Er schrie Freddy an: »Halt den Mund, du gefühlloser Klotz! Hol sofort Miss Woodward und sag ihr, daß Hattie ihre Hilfe braucht, und dann melde dich bei mir!«

Freddy hörte sofort zu lachen auf. Bevor er ging, zischte er mir noch zu, daß er mir das heimzahlen würde. Obwohl ich damals noch nicht wußte, wie sehr er mich als Baby abgelehnt hatte, und auch von seinen Tritten gegen meinen Kinderwagen keine Ahnung hatte, befürchtete ich, daß er mir aus Rache den Arm hinter dem Rücken verdrehen oder meine Finger so lange hochbiegen würde, bis er das Gefühl hatte, mich genug bestraft zu haben.

Mit seinen vierzehn Jahren bereits größer und breitschultriger als Vater und Mr. Barnes, war er längst auf dem Weg zum Mann. Nur einige wenige Spuren – dazu gehörten die häufigen Akneausbrüche auf seinem Gesicht und daß er mich ständig ärgerte – zeugten noch von seiner Pubertät. Jeden Tag wollte er mehr wie ein Mann behandelt werden, verlangte beim Abendessen Erwachsenenportionen und bat um die Erlaubnis, auf dem Weg vor dem Haus das Autofahren üben zu dürfen, während Hubert ihm vom Rücksitz aus zusah. Schon damals war mir klar, daß er sich längst für einen jungen Mann hielt, und nicht mehr für einen großen Jungen. Freddy hatte hochtrabende Pläne für sein Leben, und er wußte, daß er die nötige Intelligenz besaß, um seine Ziele zu erreichen. Aber an diesem Nachmittag am Strand war er plötzlich wieder ein kleiner Junge, ein gefühlloser Klotz.

Zu beiden Seiten des Balkons standen Liegestühle, und ich schleppte mich zu einem davon, legte mich hin und wartete auf Miss Woodward, die auf Mr. Barnes' Drängen hin ebenfalls Urlaub am Meer machte. Die beiden fingen damals gerade erst an, Zeit miteinander zu verbringen, obwohl meine Großmutter bereits seit neun Jahren tot war. Miss Woodward war erst vor kurzem aus Kentucky zurückgekommen, wo sie bis zu ihrer Pensionierung als Volksschullehrerin gearbeitet hatte. Ich weiß noch, daß ich mich damals fragte, ob Mutter wohl manchmal eifersüchtig auf Miss Woodward war und sie um die Zeit beneidete, die sie mit Mr. Barnes verbrachte. Seit dem Tod seiner Frau war Mutter die einzige Frau in seinem Leben gewesen. Heute weiß ich, daß Mutter der Sache mit gemischten Gefühlen gegenüberstand. Wenn sie bei Mr. Barnes anrief, um ihn zu bitten, sie in die Stadt zu fahren, bekam sie jetzt oft zur Antwort, daß er bereits mit Miss Woodward dort sei. Pearl hat mir erzählt, daß Mutter ihr nach solchen Anrufen des öfteren anvertraute: »Ich weiß, daß es für alle das beste ist.« Aber dann, erzählte Pearl, war sie den Rest des Tages bekümmert darüber, daß sie so ausgeschlossen wurde.

Bisher hatte Miss Woodward viel mit uns Kindern unternommen. Sie ging frühmorgens mit uns zum Muschelsuchen oder ermunterte uns, die aus tausend Teilen bestehenden Puzzles zusammenzusetzen, die schon seit Jahren niemand mehr angerührt hatte. Im großen und ganzen fungierte sie hauptsächlich als Kindermädchen und Erzieherin. Ich weiß noch, daß sie mit uns Monopoly spielte und die älteren Kinder ermahnte, geduldiger mit den Kleineren umzugehen. Außerdem erfreute sie meinen Vater und meinen Onkel mit all den netten Sätzen, die ein Mann, der einen ruhigen Nachmittag verbringen möchte, gerne hört: »Ich mache dir schnell einen Happen zu essen«, oder: »Ich sehe mal nach, ob ich noch ein Kissen für dich finde«, oder: »Es spricht doch nichts dagegen, daß du dich hier hinlegst und ein kleines Nickerchen machst.«

Obwohl Mr. Barnes sie eingeladen hatte, damit sie ihm Gesellschaft leistete, und nicht, damit sie für die anderen den Laufburschen spielte, unternahm er nichts, um sie von ihrer Rolle als Schloßherrin und Kindermädchen zu befreien. Vielleicht war er stolz darauf, daß sie ihre Aufgabe so gut meisterte, im Gegensatz zu Tante Menefee, die selbst in den Ferien immer ein hektisch herumschwirrender Ausbund an Nervosität war. Dabei hatte sie kaum etwas zu tun, insbesondere jetzt, da sich Miss Woodward um die Kinder kümmerte, die deren Gesellschaft ohnehin bevorzugten. Während meine Mutter der Rolle, die Miss Woodward in unserem Leben spielte, mit gemischten Gefühlen gegenüberstand, interpretierte Tante Menefee ihr Verhalten als Teil eines geplanten Angriffs auf unsere Familie, als ausgeklügelte List, die die Männer und Kinder aufgrund ihrer Naivität und Leichtgläubigkeit nicht durchschauten. Demnach hatte Miss Woodward vor, uns die Zuneigung unseres Großvaters streitig zu machen. Dann würde sie ihn heiraten und in das große Haus einziehen, wo sie umgehend die alte Köchin Julie feuern und sich anschließend selbst in der wundervollen Küche mit dem Ziegelofen breitmachen würde, in dem jeder Laib Brot gebacken worden war, den Mr. Barnes in den letzten vierzig Jahren gegessen hatte. Die Vorstellung, daß Miss Woodward in dieser Küche hantieren und Mr. Barnes verköstigen könnte, stieß Tante Menefee wahrscheinlich noch mehr ab als die Vorstellung, daß diese beiden alten Leute miteinander schlafen und sich gegenseitig nackt sehen könnten. Der Gedanke, daß er vielleicht die Gesellschaft einer lieben Frau vermißte oder seine verstorbene Frau in Miss Woodwards Augen sah, war ihr absolut zuwider.

Ich freute mich auf das Auftauchen eines sanften weißhaarigen Monopoly-Zauberers neben meinem Liegestuhl;

während ich dort auf dem Balkon lag, stellte ich mir vor, daß in Wirklichkeit Miss Woodward meine Mutter war. Ich dachte mir: So ähnlich muß es sein, eine Mutter zu haben. Ich malte mir aus, daß irgend etwas Romantisches wie ein undefinierbares Fieber meine Mutter dahingerafft hatte und ich zu Miss Woodward gezogen war, um bei ihr zu leben. Obwohl sie alt genug war, um meine Großmutter zu sein und ich eine solche in dem Moment auch gut hätte gebrauchen können, machte ich lieber eine Mutterfigur aus ihr. Ich stellte mir vor, daß sie beim Backen und Häkeln leise vor sich hinsummte. In meiner Phantasie widmete sie ihr ganzes Leben der Nächstenliebe. Sie würde mich mit offenen Armen bei sich aufnehmen. Mr. Barnes würde uns hie und da besuchen und mir ein ganz anderes Gesicht zeigen als dem Rest der Welt. Mir gegenüber würde er sich als sanftmütiger Mann entpuppen.

Die Tür zum Schlafzimmer meiner Mutter stand weit offen, aber sie schlief immer noch wie bewußtlos. Ich war keineswegs wütend darüber, daß sie mir auch dann nicht zur Verfügung stand, wenn selbst von der unaufmerksamsten Mutter zu erwarten gewesen wäre, daß sie ihrem Kind das Fieber maß und kalte Kompressen auflegte. Ganz im Gegenteil, ich war froh, daß sie nach wie vor schlief. Sie war wie ein ungeratenes Kind, das nur in schlafendem Zustand erträglich war. Alle, die sie liebten, hatten großes Mitleid mit ihr, und mit meinen acht Jahren war ich durchaus in der Lage zu unterscheiden, wer sie liebte und wer nicht. Bisher umfaßte die Liste nur Mr. Barnes, Pearl, meinen Vater, Olive, Miss Woodward, Onkel Lawrence und mich. Daß Miss Woodward meine Mutter mochte, wußte ich unter anderem deswegen, weil sie jedesmal, wenn sie hörte, daß Mutter einen ihrer »Anfälle« hatte, selbstgemachte Pralinen und Kokosnußplätzchen für Freddy und mich herüberschickte. Zusätzlich ging meist ein Schmortopf an Pearls Adresse. Mit Hilfe eines Kochbuchs, in dem Rezepte aus dem Süden gesammelt waren, führte Miss Woodward das Konzept des Schmortopfes in Bend of the River ein.

Was Freddy betraf, interpretierte ich seinen Sarkasmus, sein beleidigtes Schmollen und seine geflüsterten Wünsche, Mutter möge verschwinden, als Zeichen dafür, daß er sie haßte. Wenn sie im Bademantel durch den Gang im ersten Stock geisterte, hatte ich mehr als einmal Angst, mein Bruder könnte aus seinem Zimmer schleichen, an dessen Tür er all die häßlichen, selbstgemalten »Zutritt verboten!«-Schilder angebracht hatte, und Mutter die Treppe hinunterstürzen. Ich wußte, daß es für ihn ein leichtes gewesen wäre, ihr oben an der Treppe den Fuß zu stellen. Als Freddy an diesem Tag an ihrem schlafenden Körper vorbeiging, um Miss Woodward zu suchen und sich anschließend seine Strafe abzuholen, schossen ihm bestimmt ein paar »Wenn du nicht wärst« durch den Kopf. Wahrscheinlich dachte er: »Wenn du nicht ohnmächtig wärst, hättest du Hattie da draußen gehört und dich um sie gekümmert. Wenn du nicht wärst, könnten Vater und ich zum Fischen gehen, aber nein, er muß ja in der Nähe bleiben, für den Fall, daß du aufwachst und irgend etwas anstellst. Wenn du nicht wärst, hätte ich vielleicht einen Freund einladen können. Wenn du nicht wärst, würde jetzt nicht der alte Mann auf mich warten.«

Miss Woodward traf auf dem Balkon ein, führte mich ins Schlafzimmer und legte mich neben meine Mutter ins Bett. Dabei stellte sie fest, daß ich zu mager sei und daß meine Cousins und Cousinen viel wohlgenährter aussähen. Obwohl sie selbst keine Kinder hatte, tat sie alles, was unsere ebenfalls kinderlose Pearl tat, wenn ich krank war. Sie meinte, meine Stirn fühle sich heiß genug für ein Aspirin an, und dann untersuchte sie die Struktur und Festigkeit meiner Fingernägel. Lachend sagte sie, daß sie keine andere Möglichkeit habe festzustellen, was mir fehle, weshalb sie mit mir jetzt das gleiche mache wie mit einer Henne, die nicht legen wolle. Dann schüttelte sie Mutter sanft in die Welt zurück und forderte sie auf, sich zusammenzunehmen, weil ich sie jetzt brauche.

»Maggie«, sagte sie, »Hattie ist krank. Ich lasse ihr ein paar Kräcker und eine Cola bringen, und ich möchte, daß du ihr beim Umziehen hilfst und mir sagst, ob du glaubst, daß wir den Arzt rufen müssen. Jetzt setz dich auf, Maggie. Mr. Barnes kann in einer Minute hier sein, ich kann aber auch Frederick holen. Welchen von beiden soll ich kommen lassen?«

Mutter schien meine Anwesenheit gar nicht wahrzunehmen, so sehr mußte sie sich darauf konzentrieren, von dem Ort zurückzukehren, an den Vater sie geschickt hatte. Als sie sich schließlich aufsetzte, stöhnte sie: »Mir egal.« Sie stand auf und schwankte in Richtung Badezimmer.

Ich lag, wo vorher sie gelegen hatte. Die Hitze, die von der Matratze aufstieg, bewirkte, daß mir wieder übel wurde, aber dieses Mal lief ich an Mutter vorbei ins Bad. Unterwegs hörte ich, wie Miss Woodward noch einmal zu meiner Mutter sagte, daß sie sich wirklich um mich kümmern solle. Ich dachte mir: Weiß Miss Woodward denn nicht, daß Mutter sich nie um mich kümmert?

Meine Mutter antwortete: »Josephine, laß mir ein bißchen Zeit, mich wieder zu fangen. Bei mir dreht sich alles. Hilf mir ins Bad.«

Miss Woodward nahm sie am Arm und führte sie die restlichen paar Meter ins Bad, und dann ging sie hinunter, um meinen Vater zu holen. Eine Minute später war sie wieder da.

Bis zu dem Tag hatte ich nie gehört, daß jemand Miss Woodward beim Vornamen nannte. Ich war gar nicht auf die Idee gekommen, daß sie einen haben könnte. Als ich mich endlich nicht mehr übergeben mußte, ließ ich mich auf den Boden sinken, lehnte den Kopf gegen die Toilette und überlegte, warum meine Mutter Miss Woodward Josephine nannte. Nicht einmal Mr. Barnes, der die Autorität und die Erlaubnis hatte, alles zu tun, was er wollte, nannte sie jemals anders als Miss Woodward. Sie und Mr. Barnes stammten beide aus einer Zeit, als guterzogene Bewohner des Südens lockere Umgangsformen noch mit Gewöhnlichkeit gleichsetzten. Sich mit dem Vornamen anzureden gehörte sich für sie ebensowenig, wie ohne Schuhe die Tür aufzumachen oder bei Tisch über irgendwelche Wehwehchen zu klagen. Da ich meine Mutter damals noch nicht gut genug kannte, um ihr ein eindeutiges Motiv zuordnen zu können, war ich mir nicht sicher, ob ihr lockerer Ton erwünschte Vertraulichkeit oder aber Respektlosigkeit bedeutete. Ich gelangte zu der provisorischen Erklärung, daß Mutter gegenüber Zugeständnisse gemacht wurden, weil sie psychische Probleme hatte und außerdem Mr. Barnes' Liebling war.

Als Mutter schließlich in der Badezimmertür auftauchte, fragte sie mich, ob ich für eine Minute zur Seite rücken könne. Sie war leichenblaß. Sie erklärte, daß ihr bei den Geräuschen, die ich von mir gegeben hätte, ebenfalls übel geworden sei. Miss Woodward schob sich an ihr vorbei und machte sich daran, meinen Körper irgendwie über den Rand der Badewanne zu drapieren. Anschließend half sie meiner Mutter, vor der Toilette in die Knie zu gehen. Sie erklärte Mutter, daß es ihr hinterher viel besser gehen werde. Nun war es an mir, zuzuhören, wie meine Mutter sich übergab, und als mein Vater schließlich mit einer Flasche Emetrol in der Tür erschien, fuhr ihn Miss Woodward in scharfem Ton an.

»Wo zum Teufel bist du gewesen, Frederick?«

Urplötzlich klang ihre Stimme hart. Ich hatte nicht gewußt, daß sie dazu fähig war. Sie besaß einen Vornamen und konnte fluchen. Mein erster Gedanke war, daß sie das vielleicht von Mr. Barnes gelernt hatte. Vielleicht brachte er ihr bei, wie man seiner Meinung nach mit seinen Söhnen reden mußte, und sie probierte ihren neuen Ton gerade an meinem Vater aus. Die einzige andere Frau, die ich jemals fluchen gehört hatte, war meine Mutter, und das auch nur dann, wenn es ihr schlecht ging. Die Krankheit meiner Mutter hatte meinen Vater gelehrt, wie man mit einer fluchenden Frau umging. Deshalb schien er gegen Miss Woodwards Ton immun zu sein. Er ignorierte sie einfach und schraubte die Flasche Emetrol auf. Sie verließ das Bad, und ich hörte sie nach unten gehen.

Mutter setzte sich auf und lehnte sich gegen die Wand; die Tapete war mit Kämmen, Bürsten und Spiegeln gemustert, was meiner Meinung nach sehr französisch aussah. Sie schloß die Augen.

»Frederick«, stöhnte sie, »der ganze Raum dreht sich! Erzähl mir bloß nicht, daß du beim Fischen warst, während wir hier oben im Sterben lagen!« Verglichen mit Miss Woodward klang sie geradezu harmlos.

Vater gab erst mir und dann Mutter einen Teelöffel voll Emetrol, und während er ihr den Löffel in den Mund schob, flüsterte er ihr etwas zu.

»Ich war bei Freddy, Maggie.«

»Was fehlt ihm denn?« fragte Mutter.

»Vater hat ihm eine Ohrfeige gegeben.«

»Weswegen?«

»Weil er sich über Hattie lustig gemacht hat.«

Mutter warf mir einen finsteren Blick zu, ehe sie sich wieder meinem Vater zuwandte.

»Geht es ihm wieder gut?«

»Nein. Ich habe ihn draußen zwischen den Autos weinen gehört. Alle haben ihn gehört, und als Lawrence und ich hinausgingen, um nachzusehen, was los war, kam uns auf der Treppe Vater entgegen. Er sagte mir, Freddy sei unverschämt gewesen. Auf meine Frage, wieso, antwortete er, er habe Hattie ausgelacht. Normalerweise hätte ich den Jungen mit heraufgebracht, aber so, wie es dir heute morgen ging, war ich mir nicht sicher, ob du das verkraften würdest, und dann hat mir Menefee das Emetrol und einen Löffel in die Hand gedrückt. Es ist alles ein einziges Chaos, Maggie. Ein richtiges Chaos.«

Plötzlich hörten wir von unten laute Stimmen. Vater ging hinunter, um nachzusehen, was dort vor sich ging. Als er zurückkam, wirkte er keineswegs zuversichtlicher.

Mutter fragte ihn, was der Lärm zu bedeuten habe.

Er antwortete, er habe gesehen, wie Miss Woodward und Mr. Barnes unten an der Treppe miteinander redeten. Plötzlich habe Mr. Barnes sie am Arm gepackt und sei in Richtung der Fähre losgestürmt, die nach Bald Head Island ging. »Lawrence ist hinterhergerannt und hat versucht, ihn aufzuhalten. Du kannst dir vorstellen, mit welchem Erfolg.«

»Wo ist Freddy?« fragte Mutter.

Vater antwortete, er sei bei Tante Menefee im anderen Schlafzimmer.

»Bring ihn sofort her!« befahl Mutter.

Sie wusch sich das Gesicht und half mir anschließend, ein sauberes T-Shirt und Shorts anzuziehen. Ich fühlte mich schon viel besser, als hätten die Erdnußbutter und die Marmelade wie ein Gift gewirkt, das meinen Körper unbedingt wieder verlassen mußte. Rückblickend glaube ich, daß ich eine leichte Grippe hatte. Mutter und ich setzten uns aufs Bett und warteten auf Vater und Freddy. Ich überlegte krampfhaft, was ich sagen könnte, aber ohne Erfolg. Ich konnte mich nicht erinnern, daß sie mir je zuvor beim Anziehen geholfen hatte. Dafür hätte ich ihr danken können: daß sie mich endlich einmal angefaßt hatte. Ihr Gesicht hatte sich verändert. Vorher hatte sie ziemlich apathisch ausgesehen. Jetzt wirkte sie lebendig und wachsam, bereit für den ersten Patienten, der gleich das Behandlungszimmer betreten würde. Obwohl ich keine Erfahrung darin hatte, mich von ihr beschützen zu lassen, rückte ich näher an sie heran, weil ich Angst vor Freddys Anblick hatte und außerdem befürchtete, daß er sich irgendwie für das rächen würde, was Mr. Barnes ihm angetan hatte. Ich schien für alles verantwortlich zu sein. Ich hätte mich im Bad übergeben sollen, oder notfalls auch auf dem Schlafzimmerteppich. Dort hätte mich Freddy nach Lust und Laune auslachen können, ohne daß Mr. Barnes es gehört hätte.

Freddy kam hinter Vater herein, und als sie beide im Zimmer standen, rannte er plötzlich los, um sich im Bad zu verbarrikadieren. Obwohl er sich so schnell bewegte, konnte ich sehen, daß seine Wange immer noch rot gefleckt war. Ich weiß noch, was ich damals dachte: daß er eigentlich schon zu groß war, um noch eine Ohrfeige zu bekommen. Die volle Bedeutung der Worte »erniedrigt« und »gedemütigt« verstand ich zu dem Zeitpunkt noch nicht, aber so muß sich Freddy gefühlt haben, als ihm Mr. Barnes wegen einer solchen Lappalie ins Gesicht schlug. Er hatte sich doch nur ein wenig über seine kleine Schwester lustig gemacht.

10

Als nächstes erinnere ich mich daran, daß ich auf dem Balkon auf einen Liegestuhl sank. Mutter deckte mich mit einer leichten Decke zu und sagte, ich solle rufen, wenn ich irgend etwas bräuchte. Ich würde mich hüten, etwas zu brauchen. Sie hatte auch so schon genug zu tun. Sie mußte Freddy eine Mutter sein, und das nahm bestimmt ihre ganze Kraft in Anspruch. Ich würde meinen Vater rufen, falls ich tatsächlich etwas brauchen sollte. Später konnte ich im Mondlicht sehen, wie meine Eltern in ihrem Doppelbett schliefen. Mutter lag auf der Seite und machte sich sehr breit. Vater blieb nur ein schmaler Streifen des Betts, und ich hatte Angst, er könnte herausfallen und sich am Nachttisch den Kopf anschlagen. Freddy schlief auf dem Ausziehsofa. Er hatte seine Decke bis über den Kopf hochgezogen.

Ich konnte genausowenig einschlafen wie am Nachmittag, weil mir so viele Dinge durch den Kopf gingen. Ich holte meine Malsachen heraus, setzte mich auf den Balkon und malte Freddy ein Herz. Ich schrieb ihm, wie gern ich ihn hatte und wie leid es mir tat, daß er geschlagen worden war. Wenn ich es damals schon gewußt hätte, hätte ich ihm außerdem geschrieben, daß ich vermutete, er habe nur deswegen eine Ohrfeige bekommen, weil ich Maggies Tochter war; Mr. Barnes konnte offensichtlich nicht anders, als die Hand gegen jeden unguten Zug zu erheben, den er mit seinem Enkelsohn gemeinsam zu haben glaubte. Als er Freddy mich auslachen sah, schien er mit seinem eigenen Spiegelbild konfrontiert. Aber das war mir damals noch nicht klar. Ich wußte bloß, daß ich schrecklichen Hunger hatte. Wegen der ganzen Aufregung um Miss Woodwards Aufbruch nach Bald Head hatte mir niemand die versprochenen

Kräcker gebracht. Ich schlich auf Zehenspitzen ins Bad und trank so lange aus dem Wasserhahn, bis ich das Gefühl hatte, einen vollen Magen zu haben.

Als meine Eltern aufwachten, kamen sie nicht auf die Idee, daß ich wach sein könnte, und ich sah, wie meine Mutter vorsichtig die Decke von Freddys Gesicht zog und bei seinem Anblick die Stirn runzelte. Sie betrachtete ihn mit dem gleichen Gesichtsausdruck, den Großmütter haben, wenn sie die Decke über den Beinen eines Neugeborenen zu einem kleinen Zelt hochziehen, um seine Füßchen zu betrachten. Mutter zog Freddy die Decke nicht wieder über den Kopf, so daß ich den großen roten Fleck auf seiner Wange sehen konnte. Plötzlich blickte Mutter zu mir herüber und sagte: »Ich habe vergessen, dir etwas zu essen zu geben.« Dann begann sie zu weinen.

Vater schlug vor, zu dem Strandhaus zu fahren, das sich Pearl mit ihrer Schwester aus Jonesboro teilte, und Pearl und Olive zu holen, aber Mutter beharrte darauf, Pearl erst dann zu holen, wenn es absolut nötig war. Ich glaube, sie hatte Angst vor dem, was Pearl beim Anblick von Freddys Gesicht sagen könnte. Wahrscheinlich befürchtete sie, daß Pearl sie fragen würde, was sie deswegen zu tun gedenke und ob sie schon wisse, wie sie es Mr. Barnes heimzahlen würde. Meine Mutter hatte noch nicht davon gesprochen, es Mr. Barnes »heimzuzahlen«, aber ich nahm an, daß sie das auf jeden Fall tun würde. Obwohl ich noch nie erlebt hatte, daß sie Freddy vor irgend etwas beschützt hatte, war ich doch der Meinung, daß die Umstände diesmal ausreichten, um selbst *ihre* Mutterinstinkte zu wecken. Und obwohl Freddy mich bloß ein bißchen aufgezogen und dafür nur eine Ohrfeige bekommen hatte, und keine Tracht Prügel mit einem Gürtel oder einem Kleiderbügel oder was Mr. Barnes sonst noch in die Finger hätte kommen können, fand ich doch, daß er es verdient hatte, beschützt zu werden, und daß Mr. Barnes eine Strafe verdient hätte. Ich weiß noch, daß ich damals dachte: Man schlägt nicht die Kinder anderer Leute. Mir war klar, warum mein Vater ihn nicht zur Rede stellen konnte, aber im Gegensatz zu ihm wußte meine Mutter genau, daß sie nicht Gefahr lief, von Mr. Barnes geschlagen oder sonstwie bestraft zu werden.

Jedesmal, wenn eine Stewardeß den Fluggästen rät, im Notfall zunächst die eigene Sauerstoffmaske aufzusetzen und sich erst dann um die kleinen Kinder zu kümmern, muß ich an die Situation meiner Mutter an jenem Morgen denken. Der Rat der Fluggesellschaften steht in genauem Gegensatz zu dem, was jede Mutter empfindet, wenn ihr Kind in Schwierigkeiten steckt, aber meine Mutter war sich in dieser Situation völlig im klaren darüber, daß Freddy nur atmen konnte, wenn sie selbst auch genug Luft bekam. Viele Jahre später, als sich eine meiner Töchter an Thanksgiving so richtig unausstehlich benahm und ich versucht war, ihr eine Tracht Prügel zu verpassen, sagte mein Vater zu mir, ich solle ihr nicht mit einer solchen Strafe drohen. »Deine Mutter und ich«, erzählte er, »hatten uns darauf geeinigt, unsere Kinder nie zu schlagen. Ich selbst hatte als Kind zu viele Prügel bezogen. Das ist einer der Gründe, warum ich damals so wütend war, als Vater Freddy eine Ohrfeige gab. Er hatte dem Versprechen zuwidergehandelt, das ich deiner Mutter gegeben hatte. Das war typisch für ihn.«

Mutter ging offenbar davon aus, daß Mr. Barnes und Miss Woodward längst aus Bald Head zurückgekommen waren. Sie nahm an, daß Miss Woodward sich unten aufhielt und gerade in Verteidigungsstellung ging, sozusagen die Reihen um Mr. Barnes schloß, falls man das bei einer einzelnen Person überhaupt so sagen kann. Mit Miss Woodward konnte sie also nicht rechnen, und ich würde ihr auch keine Hilfe sein. Tante Menefee kam sowieso nicht in Frage. Sie hatte ihre eigenen Probleme, oder, wie meine Mutter es ausgedrückt hätte, ihren eigenen Wust von Problemen. Mutter war also ganz auf sich allein gestellt.

Ihr Weinen weckte Freddy auf. Wir rochen alle den Duft von gebratenem Schinken, der von unten heraufstieg. Freddy fragte, ob wir schon gegessen hätten. Vater verneinte und sagte, daß er aber vorhabe, sich anzuziehen und Mutter ein Tablett heraufzubringen. Er wollte nicht, daß Tante Menefee sie weinen sah, weil sie sonst sofort anfangen würde, lästige Fragen zu stellen. Sie konnte nicht anders. Immer wieder wollte sie wissen, was denn passiert sei und wieso Mutter so aufgeregt sei. Von Vater weiß ich, daß er sich jedesmal wie ein Narr vorkam, wenn er ihr sagte, daß gar nichts passiert sei. Aber mit einer anderen, auch nur annähernd der Wahrheit entsprechenden Antwort gab sich Tante Menefee nicht zufrieden. Sie wollte dann noch mehr wissen. Vater erklärte Freddy, daß er zum Frühstück essen dürfe, was er wolle. Wenn er nach unten gehe, um etwas für Mutter zu holen, werde er die Köchin bitten, für Freddy ebenfalls einen Teller herzurichten. Aber Freddy sagte, er habe keinen Hunger. Ich wußte, daß das nicht stimmte. Er hatte bloß Angst vor dem eventuellen Nachbeben, falls Mr. Barnes herausfand, daß er, statt Reue zu zeigen, genüßlich Eier mit Schinken verdrückt hätte.

Obwohl ich mich nicht erinnern konnte, daß Mr. Barnes je ein anderes seiner Enkelkinder geschlagen hatte, war es nicht schwer zu erraten, was der alte Mann jetzt von Freddy erwartete: Die Bestrafung durch seinen Großvater war mit der Ohrfeige erledigt, und es lag nun an ihm selbst, sich weiter zu bestrafen, bis auch der letzte Impuls, die Missetat zu wiederholen, ausgemerzt war. Dazu kam, daß Tante Menefee, wenn er an diesem Morgen hinuntergegangen wäre, sofort Blut gerochen hätte. Sie hätte seinen wunden Punkt entdeckt und sich auf ihn gestürzt wie ein Hai auf einen verletzten Artgenossen. Sie hätte einen Weg gefunden, um Mr. Barnes unauffällig zu demonstrieren, auf wessen Seite sie stand. Sie hätte sich mit Miss Woodward verbündet, obwohl sie sonst den Großteil ihrer Zeit damit verbrachte, sie auszuschließen, sich den Mund über Leute zu zerreißen, die Miss Woodward nicht kannte, und nach Kräften zu versuchen, ihr den Weg in die Familie zu versperren, indem sie über Mr. Barnes' verstorbene Frau sprach, als wäre Miss Woodward eine Art Konkurrentin und meine Tante eine Schulkameradin, die herbeigeeilt kam, um den Freund einer Cheerleaderin vor einer anderen zu schützen, die versuchte, sich zwischen die beiden zu drängen.

Mutter nahm das Problem wegen Freddys Reue in Angriff, indem sie es vor ihrem geistigen Auge drehte und wendete, als wäre es ein Gegenstand, eine bemalte Dose oder eine Porzellanvase, die möglicherweise sehr wertvoll war, vielleicht aber auch völlig wertlos. Schnell kam sie zu dem Schluß, daß Freddys Frühstück wertvoll genug war, um dafür zu lügen.

»Frederick«, sagte sie, »geh hinunter und sag deinem Vater, daß es mir nicht gutgeht. Sag ihm, daß ich mich so schlimm fühle, daß ich kaum Luft bekomme, daß ich ihn aber ein bißchen später gern sehen würde. Sag ihm, daß mir erst mal nach einem kräftigen Frühstück zumute ist. Das Tablett bringst du dann Freddy. Ich habe ohnehin keinen Hunger. Wenn sich jemand nach Freddy erkundigt, dann sagst du, daß es ihm gutgeht. Sag, daß er mit Hattie spielt.«

Freddy protestierte, weil er Angst hatte, von Mr. Barnes beim Essen überrascht zu werden. »Was, wenn er trotzdem heraufkommt?« fragte er.

»Das wird er nicht, mein Sohn. Zieh deinen Bademantel an, Frederick. Und dann nichts wie los.«

Mein Vater küßte sie dankbar auf die Wange, völlig verblüfft darüber, daß sie bereit war, Mr. Barnes zu trotzen, um einen Sohn zu trösten, der jedesmal die Augen verdrehte und wie ein des Redens überdrüssiger Zyniker seufzte, wenn sie ihn nur ansprach.

Nachdem Vater das Zimmer verlassen hatte, kroch ich zu Mutter ins Bett. Sie sah mich von der Seite an, als wäre sie eine Möwe, neben der ein anderer Vogel gelandet war. Als ich zu Freddy hinübersah, schloß er die Augen und reckte das Kinn hoch wie eine arrogante Frau, die gerade beschlossen hat, daß ein Gespräch beendet ist. Niemand sagte ein Wort. Es dauerte nicht lange, bis Vater die Tür mit einem Tablett aufschob.

»Ist alles in Ordnung? Glaubst du, Freddy kann in Ruhe essen?« fragte Mutter.

»Er ist nicht da, Maggie«, antwortete Vater. »Miss Woodward auch nicht. Sie sind gar nicht aus Bald Head zurückgekommen. Unten herrscht Gewitterstimmung. Lawrence, der arme Teufel, wollte eigentlich heute nach Fort Fisher fahren, um sich die neue Ausstellung über den Bürgerkrieg anzusehen, und jetzt läßt ihn Menefee draußen den Wagen beladen und schmeißt ihm einen Koffer nach dem anderen vor die Füße.«

»Willst du damit sagen, sie sind weg und nicht zurückgekommen?«

»Ja, Maggie.«

»Du meinst, sie haben nicht in ihren Betten geschlafen?«

»Ja.«

»Soll das heißen, sie sind einfach weg?«

»Jetzt sage ich es dir schon zum dritten Mal, Maggie.«

»Was wirst du jetzt tun?«

»Warum sollte ich irgend etwas tun? Meinst du, ich sollte?« Vater brauchte offensichtlich ihre Hilfe.

»Was würde er an deiner Stelle tun?« fragte sie.

Die Aufgabe meines Vaters bestand also nicht darin, sich zu überlegen, was er tun sollte, sondern vielmehr darin, herauszufinden, was Mr. Barnes tun würde, wenn einer seiner Söhne ein Kind so fest ins Gesicht geschlagen hätte, daß es einen Bluterguß bekam, und anschließend wie ein Hurrikan davongestürmt wäre, um sich mit einer Frau, die nicht seine Ehefrau war, auf eine Insel abzusetzen, auf der es kein Telefon gab. Er mußte Mr. Barnes vor seinem geistigen Auge zum Leben erwecken, ihn beobachten, ihm folgen und seinen Worten lauschen. Erst dann würde er entsprechend reagieren und die geeigneten Maßnahmen ergreifen können. Ich frage mich noch heute, wie lange mein Vater damals wohl über diesem Problem brütete, in der Hoffnung, sein Vater möge das Richtige tun, so daß er entsprechend reagieren konnte. Er mußte die unterschiedlichsten Möglichkeiten in Betracht ziehen. Mein Vater mußte sich überlegen, was sein Vater an seiner Stelle getan hätte, und dann die Folgen seines Tuns vorhersehen.

Wäre es Mr. Barnes völlig egal gewesen, was zwei vernünftige Menschen im Urlaub miteinander taten oder einander antaten, dann hätte er sie in Ruhe gelassen. Wenn es ihm jedoch nicht egal war, würde er selbst über das Meer eilen, sie finden und ihnen auf der Heimfahrt die Ohren langziehen. Vater muß sich vorgestellt haben, wie er die nächste Fähre nahm und die winzige Insel nach meinem Großvater und Miss Woodward durchkämmte, bis er sie schließlich bei einem gemütlichen Frühstück in einer der wenigen Behausungen antraf, die es damals auf der Insel gab, einem Cottage, das Mr. Cheshire gehörte, einem von Mr. Barnes' wenigen engen Freunden. Ich kann mir nicht vorstellen, daß Mr. Barnes in dieses Cottage gestürmt ist und seinem Freund gestanden hat, daß er nach Bald Head geflohen sei, weil er seinen Enkelsohn gedemütigt habe. Nein, ich wette, daß er so tat, als sei er gekommen, um mit seinem Freund über die guten alten Zeiten zu plaudern.

Und dann würde plötzlich mein Vater auftauchen und ihr nettes Wiedersehen stören. Er würde mit seinem Strohhut in der Hand zur Tür hereinkommen und die Cheshires begrüßen, als hätte er gerade eine Leichenhalle betreten. Er würde sich mit belegter Stimme nach ihrem Befinden erkundigen. Dann würde er an den Tisch treten und sagen, sie hätten Angst gehabt, Mr. Barnes und Miss Woodward seien ertrunken. Aber mein Großvater würde genau wissen, daß sie in Wirklichkeit vor Tante Menefees Vision Angst hatten, er und Miss Woodward könnten die Nacht in einem quietschenden Bett mit sandigen Laken verbracht haben. Wahrscheinlich würde meinem Vater gerade noch genug Zeit bleiben, den Mund aufzumachen, um zu verkünden, wann die nächste Fähre gehe, ehe er rückwärts durch Mrs. Cheshires Küche segeln würde. Er würde auf dem Boden landen und die Hand gegen seine aufgeschlagene Lippe pressen wie ein Cowboy nach einer Schlägerei im Saloon. Und deswegen tat mein Vater nichts.

Unten dagegen war jemand sehr aktiv. Ich hörte Töpfe und Pfannen klirren, Türen schlagen und Kinder weinen. Alles klang nach einer raschen Evakuierung. Ich konnte kaum fassen, daß ich schon groß genug war, um eine solche Katastrophe auszulösen, aber offensichtlich war dem so. Onkel Lawrence wurde losgeschickt, unter sämtlichen Betten nach vergessenen Tennisschuhen zu suchen, während Tante Menefee in der Tür stand und ihre nächsten Befehle hinausbellte, die da waren, daß er den Sand von den Strandspielsachen der Kinder spülen und dann alle möglichen Taschen auf dem Gepäckträger des Wagens festzurren sollte. Bestimmt machte sich Onkel Lawrence sofort ans Werk, obwohl er – schon während er spülte und zurrte – genau wußte, daß er sich hinterher würde vorwerfen lassen müssen, wie schlampig er gearbeitet hatte. Ich weiß noch, daß er mir an dem Tag besonders leid tat, weil aus seinem geplanten Besuch in Fort Fisher nichts wurde. Er machte immer mehr den Eindruck eines Mannes, der es nie schafft, irgendwohin zu kommen, und dessen Traum von der großen Freiheit nur mehr darin besteht, sich vormittags zwei Stunden ins Kino zu setzen und eine Riesentüte Popcorn ganz für sich allein zu haben.

Tante Menefees Hausmädchen und Köchin arbeiteten mit immer gleichbleibender Geschwindigkeit. Pearl zufolge war es höchst nervenaufreibend, den beiden zuzusehen. Irgendwie schafften sie es trotz ihres Zeitlupentempos immer, rechtzeitig fertig zu werden. Aber an dem Tag muß es Tante Menefee fast in den Wahnsinn getrieben haben, zuzusehen, wie diese beiden Frauen das Frühstücksgeschirr abspülten: Die Ellbogen auf den Rand der Spüle gestützt, spülten sie langsam erst die eine und dann die andere Seite eines Tellers ab, um anschließend mit der Bemerkung, sie hätten besser auf die Eier aufpassen sollen, den Boden einer verkrusteten Bratpfanne in Angriff zu nehmen und dabei seelenruhig über Kirchgänge und Rheuma zu diskutieren, als stünde der Abreisetermin noch in weiter Ferne. Die Tatsache, daß weder das Hausmädchen noch die Köchin gefeuert wurden, beweist nur, daß Tante Menefee damals gerade nicht prämenstruierend war.

Was ihr mit am meisten zu schaffen machte, war die Tatsache, daß sie gerade dabei war, das letzte bißchen Kontrolle zu verlieren, das sie über Mr. Barnes hatte.

Sie stellte jede Woche seinen Speiseplan zusammen, bezahlte Julie, bezahlte die Haushälterin, sah letzterer ein wenig auf die Finger und trug ihr kleine zusätzliche Aufgaben auf, wenn ihr die Arbeit ausging, weil das Haus mit den zehn Zimmern nur einen einzigen männlichen Bewohner beherbergte, der es noch dazu als ein Zeichen von schlechter Kinderstube betrachtete, wenn ein Mensch irgendeine Spur hinterließ, seien es schmutzige Socken oder Brotkrumen. Wenn man den täglichen Kontakt mit der Wäsche und dem Essen eines Mannes verlor, bedeutete das, daß man auch den Mann selbst verlor, und da Tante Menefee die Liebe und den Respekt von Onkel Lawrence praktisch in dem Moment verloren hatte, in dem sie ihn an der Angel hatte, stürzte sie sich sofort nach dem Tod meiner Großmutter auf Mr. Barnes und organisierte jeden Aspekt seines Lebens, den er sie organisieren ließ. Das alles änderte sich in dem Moment, als er sich mit Miss Woodward davonmachte. Nun war sie es, die irgendwo auf jener Insel sein weißes Hemd so über einen Stuhl drapierte, daß es morgens so ordentlich aussah, wie er es gerne hatte. Nun war sie es, die ihm versicherte, daß sein Haar gut aussah, wenn er es einfach mit den Fingern zurückstrich. Nun war sie es, die ihn fragte, ob er hungrig sei, während sie den Sand aus den Aufschlägen seiner Hose schüttelte.

Ob sie ihm wohl auch versprach, ihn zu heiraten? Das hätte Tante Menefee besonders abstoßend gefunden. Für sie zählte nicht, daß Mr. Barnes und Miss Woodward nur angeheiratete Verwandte waren und daß seine verstorbene Frau ihrer Schwester vielleicht sogar dankbar gewesen wäre, weil sie Mr. Barnes über ihren Verlust hinweghalf.

Tante Menefee zog ihre Schlüsse hinsichtlich der Vorgänge auf Bald Head, ohne zu berücksichtigen, daß Mr. Barnes nicht der Typ Mann war, der leichtfertig eine Frau verführte oder sich seinerseits von ihr verführen ließ. Außerdem hatte er gerade soviel körperliche und geistige Energie auf Freddy verwandt, daß er wahrscheinlich nur noch den Wunsch hatte, den Kopf in Miss Woodwards Schoß zu legen und sich auszuruhen. Vielleicht haben sie sich in jener Nacht eng aneinandergeschmiegt, aber vor meinem geistigen Auge halten sie sich bloß ruhig im Arm. Rückblickend glaube ich, daß Mr. Barnes ziemlich prüde war. Obwohl der Ausdruck »Herrgott noch mal!« ihm ständig auf der Zunge lag, als wäre er dort eingebrannt, hätte er seine Söhne wahrscheinlich verprügelt, wenn sie in Gegenwart einer Dame einen nicht ganz astreinen Witz erzählt hätten; als er einmal mit einem Tierarzt über ein Problem bei der Rinderzucht sprach, hörte mein Vater, wie er den Penis des Stiers verlegen als »das männliche Sichdarbieten« bezeichnete. Er hatte sehr puritanische Vorstellungen, was die Rollenverteilung zwischen Mann und Frau betraf. So vertrat er beispielsweise die Meinung, daß Mrs. Barnes in der Öffentlichkeit keinen Scheck ausstellen könne, weil das ein »maskuliner« Akt sei. Er betrachtete das Ausstellen von Schecks durch Frauen als fast genauso schädlich für das weibliche Ideal wie den Gang zur Wahlurne, auf den Mrs. Barnes ebenfalls verzichtete. Sie sagte immer, ihr Mann wisse viel besser, worum es dabei im einzelnen gehe, und selbst wenn sie die ganze Nacht aufbliebe und um die Weisheit betete, richtig zu wählen, sei sie trotzdem nicht sicher, ob sie nicht völlig durcheinanderkäme, wenn ihr plötzlich die Namen all dieser Fremden vorgelegt würden.

Tante Menefee wußte, daß sie nicht in der Lage sein würde, sich »richtig« zu verhalten, wenn Mr. Barnes zurückkam, wobei »richtiges Verhalten« in diesem Fall bedeutete, so zu tun, als hätte sie nicht bemerkt, daß er und Miss Woodward die Nacht außer Haus verbracht hatten. Meine Tante hatte Angst, daß er ohne anzuklopfen ins Zimmer treten und sie dabei überraschen würde, wie sie beim Bettenbeziehen fluchte, weil sie vielleicht nicht rechtzeitig aus dem Haus kämen. Sie war die Art Frau, die einen Mann in die Arme einer anderen treibt. Obwohl nichts darauf hinweist, daß Onkel Lawrence je etwas anderes getan hat, als sein Los pflichtbewußt zu ertragen, wurde er zweifellos unter dem Tisch gezwickt, gestoßen und geknufft, wenn er sich zu lange mit meiner Mutter unterhielt. Onkel Lawrence hätte es bestimmt gut getan, eine Weile ungestört am Strand zu sitzen und den Anblick zu genießen, den meine Mutter mit ihren lackierten Zehennägeln und dem getupften, in einem manischen Sommer erstandenen Badeanzug bot, ohne deswegen mit einer schlaflosen Nacht rechnen zu müssen, weil Tante Menefee ihn unaufhörlich mit der Frage quälte, »was Maggie denn eigentlich hat, das ich nicht habe«.

Aber Tante Menefee zwang die ganze Familie zur Heimfahrt. Onkel Lawrence war zu gut erzogen, um eine Frau weiter als bis zum Kosmetiksalon und zurück fahren zu lassen, und Rocky Mount war vier Stunden entfernt. Er konnte seine Frau genausowenig allein nach Hause fahren lassen, wie er zulassen konnte, daß sie das Gras mähte oder sich die Wagentür selbst öffnete. Mr. Barnes hatte ihm eingeredet, daß alle Männer, die ihre Frauen und Kinder lange Autofahrten allein machen ließen, ihr Schicksal geradezu herausforderten. Man hörte doch immer wieder, was entflohene Sträflinge oder angebliche Reifenwechsler solch hilflosen Personen antaten. Selbst wenn sich Onkel Lawrence sein Leben lang genüßlich vorstellte, die Finger seiner Frau in einer Wagentür einzuklemmen, war er es doch gewohnt, sie ihr aufzuhalten, damit keine Schmiere auf ihren Rock geriet.

Plötzlich wurde es still in Mr. Barnes' Strandhaus. Ihre

Abreise dauerte etwa eine Stunde, und in dieser Zeit bot mein Vater ihnen kein einziges Mal seine Hilfe an. Er und sein Bruder wechselten ein paar Worte auf dem Gang, und Vater versicherte ihm, daß er verstehe, warum er und seine Familie abreisten. Onkel Lawrence erklärte Vater, daß Mr. Barnes schrecklich wütend sein würde, wenn er zurückkam, und daß wir auch heimfahren sollten.

»Ich habe ebensowenig wie Menefee den Wunsch, hier zu sein, wenn sie zurückkommen«, antwortete mein Vater. »Wahrscheinlich kocht er vor Wut. Es ist bloß eine Frage der Zeit. Ich werde den Anfang machen und es als erster hinter mich bringen.«

Nun verstand ich überhaupt nichts mehr. Was wollte er hinter sich bringen? Was hatte Vater denn getan? *Mr. Barnes* war doch derjenige, der in Schwierigkeiten steckte. Erst war ich es gewesen, aber dann hatte er mich abgelöst. Ich hatte geglaubt, daß er sich deswegen aus dem Staub gemacht hatte. Weil er sich schämte. Aber wie konnte er sich schämen und dann zurückkommen und Vater bestrafen? Wenn man sich schämte, dann versteckte man sich im Wald. Wenn man im Recht war, blieb man auf der Lichtung stehen. Mr. Barnes war überall gleichzeitig und feuerte in alle Richtungen, ohne die Regeln zu beachten, die besagten, wer gewann und wer verlor. Und was wurde dabei von mir erwartet, die ich doch der offizielle Anlaß des Ganzen war? Ich hatte keine Ahnung. Ich rückte noch näher an meine Mutter heran. Sie hatte angeboten, Mr. Barnes zu belügen, um Freddy zu beschützen. Jetzt sollte sie auch mich vor dem beschützen, was möglicherweise auf mich zukam. Falls Mr. Barnes plötzlich in der Tür auftauchte und die Absicht hatte, die Kartätsche auf uns zu richten, wollte ich, daß sie mich abschirmte. Bestimmt würde es schrecklich sein, wenn seine Scham in Feindseligkeit umschlug.

»Frederick«, sagte Mutter, »wir machen weiter, als wäre nichts gewesen. Wenn du etwas einkaufen mußt, dann fahr einfach los. Vermutlich ist es am besten, wenn du gleich weiterfährst und Pearl und Olive holst. Ich habe immer noch Angst vor dem, was Pearl zu Freddys Gesicht sagen wird, aber ich brauche sie trotzdem hier. Ich habe das Gefühl, als hätte ich nicht besonders gut geschlafen.«

Das war eine Bemerkung, die nichts Gutes verhieß. Wenn Mutter verkündete, sie habe nicht gut geschlafen, bedeutete das, daß ihre Gedanken langsam ins Schleudern gerieten. Es war gut möglich, daß sie gegen Abend bereits jede Nummer des *Reader's Digest* durchblättern würde, die im Haus zu finden war, um hysterisch über irgendwelche langweiligen Anekdoten zu lachen, sich an sämtlichen Kreuzworträtseln zu versuchen und meinen Vater zum Mitmachen aufzufordern. Ich kann mich nicht daran erinnern, daß sie Nägel kaute oder mit den Fingern auf etwas herumtrommelte, aber manchmal kündete allein schon ihre Schnelligkeit – ohne weiteres äußeres Anzeichen – von der bevorstehenden Gefahr. Schließlich war sie einem enormen Streß ausgesetzt gewesen: Am Vortag hatte man sie aus einem depressiven Anfall gerissen, sie hatte unter Aufbietung all ihrer Willenskraft ihre Tränen unterdrückt, und sie hatte das ganze Theater wegen Freddys Wange über sich ergehen lassen. Da war es nicht weiter verwunderlich, wenn ihr Geist vorsichtig signalisierte, daß es ihm allmählich reichte.

Vater zog sich an, um Pearl und Olive zu holen, und Mutter ging nach unten, um dort nach dem Rechten zu sehen. Nachdem sie das Zimmer verlassen hatte, gab ich Freddy seine Karte. Er bedankte sich, wenn auch sehr sparsam, und schwieg dann wieder. Er hätte die Karte in Stücke reißen können. Er hätte mich auch anschreien können, daß er nichts in die Hand nehmen würde, was ich gemacht hätte, aber er tat weder der Karte noch mir etwas zuleide, weil ihn weder das eine noch das andere weitergebracht hätte. Er hatte bloß noch den Wunsch zu vergessen, was ihm passiert war. Ich glaube, er war noch immer viel zu schockiert über Mr. Barnes' offensichtliche Unfähigkeit, sein Temperament zu zügeln, um irgend etwas anderes tun zu können, als im Schlafzimmer unserer Eltern zu bleiben und darauf zu warten, daß sich in seinem Kopf wieder das alte Gefühl einstellte, bloß ein Junge zu sein.

11

Wir hörten, wie Vater Mr. Barnes' Haus verließ, aber Mutter kam nicht wieder herauf. Ich hoffte, daß sie es an diesem Tag schaffen würde, gegen die Krankheit anzukämpfen und all die Dinge zu tun, die auf einen gesunden Geisteszustand hinwiesen: Ich hoffte, daß sie gerade dabei war nachzusehen, ob in meinem gelben Schlauchboot noch genug Luft war, und daß sie anschließend zu Hause anrief, um sich bei unserem Hausarzt zu erkundigen, ob mein Übelkeitsanfall nach einem kleinen Virus oder etwas Schlimmerem klinge. Er würde sie fragen, ob ich vielleicht ein verdorbenes Meerestier gegessen hätte. Sie würde entrüstet antworten, daß sie ihrer Familie nichts serviere, was nicht am selben Tag gefangen worden sei. Ich wollte, daß sie in den Abstellraum zwischen den Pfählen unter dem Haus ging, um nachzusehen, ob Tante Menefee brauchbares Strandspielzeug für mich dagelassen hatte. Falls sie mit enttäuschenden Nachrichten von dort unten zurückkehrte, wollte ich, daß sie sie absorbierte und erst dann nach oben kam, um Freddy und mir zu sagen, daß alles in Ordnung sei. Es würde keine Probleme geben. Wir hätten genügend zu essen, Spiele und Bücher, und wir würden die ganze restliche Woche ohne unsere Cousins und Cousinen verbringen können. Falls Freddy sich dazu in der Lage fühlte, könnten wir Ausflüge machen. Genau das wollte ich von ihr hören. Ich wollte, daß es ihr so gut ging, daß sie ständig lachen mußte, was gelegentlich vorkam. Hin und wieder war sie so guter Laune, daß ihr alles Freude zu machen schien. Ich wollte, daß mein Vater mit Tomatensuppe zurückkam, und ich wollte, daß Mutter für mich Semmelbrösel röstete und über die fertige Suppe streute. Ich wollte nicht, daß Vater das machte. Ich wollte, daß meine Mutter es tat.

Sie blieb sehr lange unten. Ich hoffte, daß sie versuchte, ihre Gedanken zu ordnen und Hausfrau zu spielen, bis Pearl eintraf, um sie abzulösen. Ich hoffte, daß ihr Zustand ihr erlauben würde, Mr. Barnes zur Rede zu stellen, wenn er aus Bald Head zurückkam. Ich stellte mir vor, daß sie ihn fragen würde, was er sich dabei gedacht habe. Sie könnte beispielsweise zu ihm sagen: »War dir denn nicht klar, daß du mit der Ohrfeige, die du meinem Sohn gegeben hast, auch mir ins Gesicht geschlagen hast?«

Freddy und ich gingen auf den Balkon. Am Strand herrschte reger Betrieb. Am liebsten hätte ich auf der Stelle meinen Badeanzug angezogen. Ich hoffte, daß ich nachmittags auch am Strand herumlaufen würde, zusammen mit all den anderen Kindern, die keinen so bizarren Tag verbracht hatten wie ich. Freddy stand am Geländer und krallte seine Finger in das Drahtgeflecht, genau wie ich es am Vortag getan hatte. Er fragte, ob es mir besser gehe, und ich bejahte. Dann wollte er wissen, ob mir auch so langweilig sei wie ihm. Die Antwort lautete Ja. Er bat mich, ins Schlafzimmer zu gehen und sein Damebrett zu suchen, und als ich damit zurückkehrte, ließ er mich das Spiel auf dem Boden aufbauen. Er kehrte mir den Rücken zu, während er mit mir redete. Ich tat, was er sagte, und dann drehte er sich um und stützte sich mit den Ellbogen auf das Geländer. Er erklärte, daß ich mit den schwarzen Steinen spielen würde und er mit den roten, und daß er anfangen werde. Er schob die Steine mit dem großen Zeh auf dem Brett herum. Ich wäre auch gerne aufgestanden, weil mir die Vorstellung gefiel, wie mein Bruder mit den Füßen zu spielen, aber statt dessen setzte ich mich im Schneidersitz hin, das Gesicht dem Meer zugewandt, und versuchte, keine unüberlegten Züge zu machen.

Ich hörte, wie unten die Tür aufging und krachend wieder zufiel. Ich stand auf und sah meine Mutter auf das Meer zulaufen. Sie hatte nicht Hausfrau gespielt. Sie hatte unten gesessen und wieder den Verstand verloren. Obwohl sie schon mehr als einmal gedroht hatte, sich zu ertränken, vor allem, wenn wir am Meer Urlaub machten und so viel Wasser in der Nähe war, glaubte ich ihr jedesmal wieder. Jede neue Drohung brachte mich dazu, mir auszumalen, wie es passieren würde. Sie würde nicht bis Mitternacht warten, um bei Mondlicht das Haus zu verlassen und ins Meer zu waten. Nein, sie würde am hellichten Tag in die Wellen stürmen, untertauchen und nie wieder zurückkommen. Sie würde quer über den Sand laufen, genau so, wie sie es jetzt tat. Vor Schreck ganz starr, rief ich Freddy zu, daß Mutter sich ertränken wolle und daß er sie aufhalten müsse.

Er wandte den Blick in ihre Richtung und schrie so laut und schrill, daß ich es heute noch hören kann, aber sie blieb nicht stehen. Kurz bevor sie den Rand des Wassers erreichte, bog sie scharf nach links ab. Wir beobachteten sie. Wollte sie an einer anderen Stelle ins Wasser gehen? Sie lief weiter. Plötzlich entdeckten wir in der Ferne zwei Leute, die sich zielstrebig auf sie zubewegten. Die beiden waren keine Spaziergänger, die nur zufällig in ihre Richtung schlenderten. Es waren Mr. Barnes und Miss Woodward. Als meine Mutter nicht mehr weit von ihnen entfernt war, begann sie zu winken. Schließlich hatte sie sie erreicht, und mein Bruder und ich sahen, daß Mutter und Mr. Barnes sich wie alte Freunde umarmten, was sie ja auch waren. In diesem Moment verlor Freddy die Fassung. Zutiefst enttäuscht über den Verrat meiner Mutter, stieß er mit dem Fuß gegen das Damebrett und rannte ins Bad, wo ich ihn laut weinen hörte. Er versuchte nicht einmal, das Geräusch mit einem Handtuch zu dämpfen.

Die Triebkraft, die Mr. Barnes veranlaßt hatte, Freddy eine Ohrfeige zu geben, war dieselbe Kraft, nur mit umgekehrter Wirkung, die jetzt meine Mutter zu ihm hinzog. Das wurde mir klar, als ich wieder zu Hause war und mit den Magneten spielte, die ich bei einem Schulwettbewerb gewonnen hatte. Das widersprüchliche Verhalten der Magneten begann mich zu faszinieren. Erst konnten sie es kaum erwarten aufeinanderzuprallen, aber sobald ich einen umdrehte, war die Wirkung genau entgegengesetzt. Wie sehr ich auch versuchte, sie zusammenzudrücken, sie stießen einander immer wieder ab, ohne sich je zu berühren. Im selben Jahr hörte ich in der Schule von der Wirkung der Schwerkraft im Weltraum, dem Prinzip der Abstoßung und Anziehung, das die Planeten davon abhält ineinanderzukrachen, sie aber gleichzeitig aneinander bindet. Meine Gedanken wanderten zurück zu dem Tag, als Mutter von Liebe und Furcht an jenen Strand getrieben wurde, weil Mr. Barnes sie genauso anzog wie mein neuer Magnet die Metallsplitter, die quer über den Küchentisch auf ihn zuglitten. Eine andere Möglichkeit zog ich gar nicht erst in Betracht: daß Mr. Barnes vielleicht zum erstenmal zu ihrem Gegner geworden wäre, wenn sie ihn zur Rede gestellt hätte, und daß sie seinen Schmähungen entgehen wollte; sie hatte schon mehrfach erlebt, wie klein andere Erwachsene vor ihm geworden waren. Meiner Meinung nach zählte sie darauf, daß er sich auch weiterhin um sie kümmern würde, vielleicht mehr, als sie auf meinen Vater zählte, und deswegen mußte sie innerhalb seiner Sphäre bleiben, um sicher sein zu können, daß er immer zu ihrer Verfügung stehen würde.

Ich verzichtete darauf, Freddy meine Theorie zu erklären. Er fühlte sich von Mutter im Stich gelassen. Ich versuchte gar nicht erst, mit ihm zu reden, weil ich wußte, daß er sowieso nicht zuhören würde. Er hatte seine eigene Theorie über Mutter und Mr. Barnes. Irgendwann sagte er zu mir, sie hätte statt Vater lieber Mr. Barnes heiraten sollen. Wenn ich in der Lage gewesen wäre, mit meiner Mutter zu reden, hätte ich all diese Theorien ad acta legen können. Sie hätte mir alles über sich erzählen können. Aber so lief das zwischen uns nicht. Bei mir hatten sich so viele Dinge aufgestaut, die ich sie fragen wollte, daß es mir als unüberwindbare Aufgabe erschien, einen einzelnen Punkt herauszupicken und damit anzufangen. Dazu kam, daß ich nie die Gelegenheit dazu hatte. Ich weiß noch genau, wie ich im Gang unseres Hauses wortlos an ihr vorbeiging, oder sogar einen Schritt zur Seite trat, damit sie besser vorbeikam, als wären wir zwei Fremde auf einem engen Gehsteig.

3

12

Je länger ich über das Duke nachdachte, desto zuversichtlicher wurde ich, daß man Mutter dort in Ordnung bringen und sie als die Person zurückschicken würde, die ich aus ihren kurzen gesunden Phasen kannte. Falls es ihr nach ihrer Rückkehr auf Dauer gutging, würde ich vielleicht meine Freundinnen zum Spielen mit nach Hause bringen können. Andere Kinder fuhren nach der Schule immer gemeinsam nach Hause und redeten beim Aussteigen aus dem Bus kichernd darüber, daß sie nachmittags ein Lager in einem Kieferndickicht bauen, Schallplatten hören oder einen neuen Tanz einstudieren würden. Soviel Pearl auch für mich tat, war sie doch immer der Meinung, daß es ihr nicht zustand, die Mütter meiner Schulfreundinnen anzurufen und etwas für mich zu vereinbaren. Ich wußte, daß sie sich dabei unwohl gefühlt hätte. Ich sagte mir, daß ich gar keine Lust hatte, das perfekte Heim einer anderen Familie zu erleben, einen Ort, der im krassen Gegensatz zu meinem Zuhause stand, aber ich wäre nur allzugern mit dem Mädchen heimgefahren, das als erste in unserer Klasse eine Barbie-Puppe besaß. Ich stellte mir vor, wie alle anderen Mädchen rund um Barbie auf dem Boden saßen und in bewunderndes Kreischen ausbrachen. Mir selbst fehlte in dieser Hinsicht etwas. Ich empfand nie die nötige Freude zum Kreischen.

Als mir mein Vater aus der Stadt eine Barbie mitbrachte, nachdem er in der Zeitung einen Artikel über dieses Phänomen gelesen hatte, setzte ich sie neben meine Madame-Alexander-Puppen ins Regal und starrte sie an. Vielleicht verkörperten diese Puppen für mich meine Mutter: Ich konnte ihnen noch so nahe sein, war aber trotzdem nicht in der Lage, ihnen die fast schon aggressive Zuneigung entgegenzubringen, mit der ich sie gern überschüttet hätte. Ich verzichtete darauf, den Girl Scouts beizutreten, weil dann irgendwann ein Treffen bei uns zu Hause hätte stattfinden müssen, der Zustand meiner Mutter aber nie vorhersagbar war. Also stieg ich immer allein aus dem Schulbus. Zu Hause bekam ich von Pearl etwas zu essen vorgesetzt. Falls Mutter gerade depressiv war oder ihre Wahnvorstellungen hatte, wurde ich aufgefordert, beim Hinaufgehen keinen Lärm zu machen oder überhaupt nicht hinaufzugehen.

Pearl sagte dann zu mir: »Deine Mutter hat heute seltsame Ideen im Kopf. Vielleicht solltest du deine Hausaufgaben lieber hier unten in der Küche machen.« Freddy, der etwas später Schulschluß hatte als ich, bekam das gleiche zu hören, gehorchte aber nie. Wenn ich Hilfe brauchte, überredete ich Pearl, mich in Freddys Zimmer gehen zu lassen, wo er meine Hausaufgaben durchsah, mir bei einer Matheaufgabe half und erklärte, daß es nicht ausreiche, die Bundesstaaten und ihre Hauptstädte zu wissen, sondern daß ich auch die wichtigsten landwirtschaftlichen und industriellen Erzeugnisse im Kopf haben müsse. Die Auszeichnung, die ich für meine guten Noten in den naturwissenschaftlichen Fächern bekommen hatte, verdankte ich Freddys Rat, die Antworten auf sämtliche denkbaren Prüfungsfragen auswendig zu lernen. Er riet mir, den Lernstoff als begrenzte Menge von Wissen zu betrachten, die ohne weiteres zu bewältigen war. Er drillte mich jeden Abend. Irgendwann erzählte er mir von Dr. Joyce Brothers, die in einer Quiz-Sendung 64 000 Dollar gewonnen hatte, weil sie eine Frage aus dem Bereich Boxen beantworten konnte. Er erklärte mir, daß er noch kein einziges Mal in einer Prüfung vor einer Frage habe kapitulieren müssen. Obwohl er nie explizit sagte, daß wir unseren Lehrern etwas beweisen müßten, taten wir genau das. Wir versuchten, etwas zu kompensieren. Darüber hinaus war Freddy klar, daß ihn gute Noten ein großes Stück weiter von zu Hause fortbringen würden als die schimmernden, frisch geprägten Münzen, die Mr. Barnes jedem seiner Enkelkinder zu Weihnachten und zum Geburtstag schenkte. Dabei warnte er uns jedesmal, daß wir nie wieder eine solche Münze zu Gesicht bekommen würden, wenn er herausfände, daß wir sein Geld für Süßigkeiten oder andere Dummheiten ausgaben. »Spart sie und seht zu, wie sie an Wert gewinnen«, befahl er uns.

Freddy lernte drei Fremdsprachen mit der Berlitz-Methode. Ich weiß noch, wie oft Pearl das Ohr an seine verschlossene Tür legte, während drinnen seine Sprachkassetten liefen, oder sie mit einem Arm voll Wäsche im Gang stehenblieb und lauschte. Obwohl sie nie etwas sagte, bin ich mir sicher, daß sie dachte, was für ein seltsamer Kauz er doch war, weil er dort drin vor dem Kassettenrecorder saß und Dinge wiederholte, die er ihrer Meinung nach nie zu einem lebenden Menschen sagen würde, zumindest nicht zu einem, der ihm eine Stelle anbieten würde. Freddys frühzeitige Reife war ein unausgegorener Mischmasch aus kindlicher Unschuld, pubertärer Verwirrung und Erwachsenenweisheit. Die meiste Zeit bestand Freddy nur aus seinem Gehirn, und wenn sein Gehirn ruhte, bestand er aus Armen und Beinen, die Basketball spielten. Meistens übte er Korbwürfe, wobei er Hubert seitlich neben dem Korb postierte, damit er dem davonrollenden Ball nachjagte, bis der am

Zaun liegenblieb. Freddys Weigerung, sich für die Basketballmannschaft zu bewerben, hatte Pearl immer als ein Zeichen seines mangelnden Ehrgeizes betrachtet.

»Er ist so geschickt mit dem Ball«, bemerkte sie einmal, als sie am Küchenfenster stand und ihn beobachtete. »Siehst du ihn? Zähl mal die Würfe mit. Zwölf, dreizehn, vierzehn. Er kann wirklich mit dem Ball umgehen. Sieh dir Hubert an, wie er ihm den Ball mit den Gartenschlauch zurückschaufelt!«

Meine schulischen Leistungen waren fast ebenso vielversprechend wie die von Freddy, aber für Pearl war meine Intelligenz leichter zu akzeptieren. Meine guten Noten waren keine Gabe von oben oder, wie Pearl befürchtete, von unten. Pearl war Freddys Begabung deswegen nicht ganz geheuer, weil ihr die praktische Anwendung verborgen blieb. Ich war ein gescheites kleines Mädchen, das seine Hausaufgaben am Küchentisch machte, während Pearl das Abendessen kochte. Ich leistete Pearl Gesellschaft, wenn Olive in einem anderen Teil des Hauses beschäftigt war, dankte ihr für die Kekse, die sie mir nach der Schule gab, und stellte meinen Teller ins Spülbecken. Freddy dagegen rauschte bloß durch die Küche, raffte soviel Eßbares an sich, wie er tragen konnte, und hastete in sein Zimmer wie eine Ameise, die sich mit ein paar Picknickkrümeln davonmacht.

Pearl wünschte sich, er wäre für den Rest der Familie zugänglicher. Aber das war er nicht. Wäre Mutter gesund genug gewesen, um richtig hinzusehen, dann hätte sie bestimmt über ihren begabten Sohn gestaunt. Ihr wäre klar geworden, daß die Essenz des Verstehens und Begreifens, die ihn zu solchen schulischen Hochleistungen trieb, untrennbar mit ihrer manisch-depressiven Krankheit verknüpft war. Wenn die Rolle der Mutter bei der Vererbung des entsprechenden Gens damals schon postuliert worden wäre, hätte sie sicher auf Anzeichen für die Krankheit geachtet. Sie hätte seine Zukunft vorhersagen können. Wenn Vater nicht so damit beschäftigt gewesen wäre, alles am Laufen zu halten und auf seine Art für Ordnung zu sorgen, so daß wir zumindest annähernd Ähnlichkeit mit einer Familie hatten, dann hätte er Freddy öfter auf die Schulter geklopft. Selbst wenn diese Geste ein bißchen Ähnlichkeit mit dem Lob gehabt hätte, das ein Hund von seinem Herrchen bekommt, wenn er einen Stock apportierte, wäre Freddy wohl trotzdem dankbar dafür gewesen.

Ich wollte nicht in meinem Zimmer bleiben, während Mutter ins Krankenhaus transportiert wurde. Ich wollte nicht von meinem Fenster aus zusehen. Lieber wollte ich bis zu dem Moment bei ihr sein, in dem sie mit dem Auto wegfuhr. Also heftete ich mich an die Fersen des Arztes. Mein Blick fiel auf seine ausgebeulten Beinkleider, der Hosenboden war schon ganz dünn und glänzte, und auf seine Jackentaschen, von denen ich annahm, daß sie mit allem vollgestopft waren, was durch die Löcher in seinen Hosentaschen hätte fallen können. Meine Familie war eine von den wenigen im ganzen Bezirk, die den Mann tatsächlich mit richtigem Geld bezahlten. Er bekam sein Honorar oft in Form von Marmeladengläsern voller Kamelien für seine Frau oder Papiertüten mit übriggebliebenen, längst hart gewordenen Weihnachtsplätzchen für seine Kinder. Der Himmel weiß, was für eine Unsumme Mr. Barnes ihm dafür bezahlte, daß er zu diesem Hausbesuch an Mutters Bett geeilt war und anschließend mit ins Duke fuhr, um sicherzustellen, daß sie vom diensttuenden Arzt nicht nur als echter Notfall, sondern auch als ziemlich begüterte Frau erkannt und aufgenommen wurde. Ich weiß noch, daß ich mir damals wünschte, er trüge einen Anzug, der mit seiner Würde und Stellung in Einklang stünde. Er hatte seine schwarze Tasche unter den Arm geklemmt und wirkte mit den beiden Lederkoffern meiner Mutter reichlich überladen. Hubert hatte nicht reagiert, als Vater ihn rief. Ich vermutete, daß er im Keller lag und schlief – ein Trick, auf den er manchmal zurückgriff und den Vater noch nie durchschaut hatte.

Wir hielten vor Pearls Zimmer, und während Vater klopfte, ging mir durch den Kopf, daß wir durch das Haus zogen, als wollten wir eine Gefolgschaft wie die Bremer Stadtmusikanten zusammentrommeln. Pearl machte die Tür auf, weigerte sich aber herauszukommen. Sie war vor lauter Schuldgefühlen noch immer außer sich und schien gar nicht zu hören, was Vater sagte: daß uns gar nichts Besseres hätte passieren können, als Mutter entwischen zu lassen. Pearl weinte trotzdem weiter. Olive saß auf einem unbequemen Holzstuhl in der Ecke und wollte ebenfalls nicht herauskommen. Wie ein in die Enge getriebenes Tier heulte sie auf, als sie auf dem Gang meine Mutter erblickte, deren Beine so schlaff aussahen wie die einer Puppe. Mutter ließ den Kopf hängen, und ihr ganzer Körper schien nur noch durch die kräftigen Arme von Vater und Mr. Barnes aufrecht gehalten zu werden. Ich fand, daß die beiden aussahen wie zwei Jungen, die versuchten, mit einer überdimensionalen Puppe zu Rande zu kommen und sie zum Gehen zu bringen. Ich hatte Angst, daß Mutter sich den Knöchel verdrehen oder ihr einer der beiden auf den Fuß treten könnte. Um ihren Kopf machte ich mir ebenfalls Sorgen. Ich befürchtete, daß die beiden Männer sie versehentlich gegen die Wand stoßen könnten. Eigentlich machte ich mir um so ziemlich jeden Teil ihres Körpers Sorgen, und als Vater am Rand des Läufers kurz stolperte, hielt ich vor Schreck den Atem an.

Mr. Barnes befahl Olive, sich die Nase zu putzen und

dann die Frau des Doktors anzurufen. Sie solle ihr sagen, daß ihr Mann an diesem Abend möglicherweise nicht nach Hause kommen würde. Dann gingen er und Vater zu Freddys Zimmer. Als Freddy sich auf Vaters Klopfen hin weigerte, die Tür aufzuschließen, sprach Mr. Barnes mit ihm.

»Du machst jetzt sofort auf! Und wenn ich sofort sage, meine ich auch sofort, Herrgott noch mal!«

Freddy machte die Tür einen Spalt auf und spähte hinaus wie eine alte Frau, die sich nicht sicher ist, ob sie diesen Mann hereinlassen soll, der behauptet, ihren Gaszähler ablesen zu wollen.

Mr. Barnes erklärte Freddy, daß er Mutter ins Krankenhaus bringe, wo sie eine Weile bleiben werde, und daß er, Freddy, ihre Abwesenheit nutzen solle, um sich zu bessern.

»Ich verlange von dir lediglich«, sagte er, »daß du aufhörst, ständig die beleidigte Leberwurst zu spielen, Herrgott noch mal! Und jetzt sag ihr, was du für gute Vorsätze hast!«

Freddy käute einfach die Worte seines Großvaters wieder: »Lebwohl, Mutter. In deiner Abwesenheit höre ich auf, ständig die beleidigte Leberwurst zu spielen, Herrgott noch mal!«

Als er nach diesen Worten die Tür zuschlug, veranlaßte die Erschütterung meine Mutter dazu, den Kopf zu heben. Beinahe wäre sie aus ihrem Delirium erwacht. Mr. Barnes schien kurz zu überlegen, ob er den Doktor bitten sollte, seine Seite von Mutter zu übernehmen, damit er Freddy mit dem Gürtel ein paar überziehen konnte, was er dann aber doch nicht tat. Statt dessen ging er weiter den Gang hinunter. An der Treppe angekommen, diskutierten er und mein Vater, wie sie es schaffen sollten, mit meiner Mutter, die schwer wie eine Leiche in ihren Armen hing, um die Ecke zu kommen. Sie klangen wie die Männer der Umzugsfirma, die sich vor zwei Wochen abgemüht hatten, die Kommode und das neue Bett in Mutters Zimmer zu schleppen, die sie bei einer ihrer Kauforgien erstanden hatte.

Freddy, so glaubte ich, würde Mutters Abtransport von seinem Fenster aus beobachten, sich hinterher richtig ausweinen und anschließend nach draußen gehen und Pearl erzürnen, indem er Basketball spielte, als wäre nichts passiert. Und tatsächlich tat er genau das. Heute ist mir klar, daß Pearl eine weise Frau war. Trotzdem war ihre Intuition größer als ihre Fähigkeit, bestimmte Verhaltensweisen zu deuten und ihnen Motive zuzuordnen. Sie bemerkte nicht, daß Freddy ein brutales, fast schon wahnsinniges Spiel gegen sich selbst spielte. Sie sah nicht, daß er jeden zurückprallenden Ball auffing und sich dabei immer wieder gegen das Garagentor warf, um zu sehen, wie weit er gehen konnte, ohne sich das Schlüsselbein zu brechen oder sich den Ellbogen an dem rostigen Torknauf aufzureißen. Ich glaube, daß er an diesem Abend mit schmerzenden Gliedern ins Bett gehen wollte. Wahrscheinlich fragte er sich, inwiefern er die Ereignisse des Tages hätte ändern können, wenn er ein braverer Junge gewesen wäre.

Ich versuchte Mutters Abreise zu verarbeiten, indem ich mich in mein Zimmer einsperrte und dem Zwang gehorchte, es gründlich aufzuräumen. Ich sortierte mein Bastelpapier nach Farben, stellte die Möbel in meinem Puppenhaus um, ordnete ein Kartenspiel und brach schließlich in Tränen aus, weil ein Joker fehlte.

Ich hörte Pearl aus ihrem Zimmer kommen und die Treppe hinuntergehen. Ihre Hausschuhe schlurften über den Boden, wie sie es immer taten, wenn sie zu müde war, um die Füße zu heben. Ich nahm an, daß sie in die Küche ging, wo sie sich wahrscheinlich fragte, wie sie den Geruch nach Zigaretten und verschüttetem Bourbon aus dem Haus bekommen sollte, und was mein Vater wohl gern essen würde, wenn er an diesem Abend nach Hause kam – falls er überhaupt kam. Vielleicht dachte sie auch an all die Männer, die sie gekannt hatte, verheiratete und unverheiratete, die versucht hatten, bei ihr zu landen, als sie noch zwanzig Jahre jünger und hundert Pfund leichter war. Vielleicht ließ sie all diese Männer vor ihrem geistigen Auge Revue passieren, um noch einmal die Lügen in ihren Augen zu sehen, ihre schlagfertigen Antworten zu hören und dann darüber nachzudenken, zu was für einem Typ von Vergewaltigungskünstler ein herzloser Junge wie Freddy Barnes wohl heranwachsen würde.

Während Pearl sich Sorgen machte und Freddy in seinem Zimmer seine schmerzenden Muskeln pflegte, lag ich im Bett und betrachtete mein eigenes Zimmer, wie ich es oft tat: als einen Ort, in den Mutter nur selten einen Fuß setzte. Sie hatte keine Ahnung, welche Bilder ich aufgehängt hatte, in welchem meiner großen Regalfächer der Modeschmuck lag, den Olive mir zu Weihnachten geschenkt hatte, und in welchen Fächern ich meine Radiergummis und Büroklammern stapelte. Sie wußte auch nicht, welche Bücher auf meinem Nachttisch lagen und wer die Schulfreundinnen auf den Photos waren, die ich ersatzweise an mein schwarzes Brett gepinnt hatte, weil ich sie ja nie persönlich in meinem Zimmer empfangen konnte. Dann dachte ich über Mutters neues Zimmer nach. Ich stellte mir vor, daß sie ruhig in einem Krankenhausbett lag, die Hand meines Vaters drückte und zu ihm sagte, daß es ihr schon viel besser gehe.

13

Ich bin froh, daß meine Jugend mich davor bewahrte, über Mutters Tortur mit der Elektroschocktherapie aufgeklärt zu werden. Freddy wußte auch nicht, was mit ihr geschah. Wir sollten es erst Jahre später erfahren, als Vater sich während eines Telefongesprächs mit mir verplapperte. Er machte sich Sorgen wegen eines neuen Medikaments, das Mutter verschrieben worden war, und sagte in diesem Zusammenhang: »Ich möchte bloß, daß es ihr weiterhin gutgeht. Sie könnte keine dieser Behandlungen mehr ertragen.« Als ich nachhakte, erzählte er mir alles. Nachdem er das Geheimnis so lange für sich behalten hatte, brach nun eine wahre Flut von Erinnerungen aus ihm heraus. Ich rief Freddy an, um ihn zu fragen, ob er davon gewußt habe. Er war genauso überrascht wie ich. Im Rahmen unserer Ausbildung hatten wir beide auch im Bereich der Anästhesie gearbeitet und waren bei mehreren Elektroschockbehandlungen dabeigewesen. Ich ersetzte meine damaligen Patienten im Geiste durch Mutter. Ich bin mir sicher, daß Freddy das gleiche getan hat.

Bestimmt bekam sie zunächst Atropin gespritzt, ein Medikament, das die Speichelsekretion hemmt und Herzrhythmusstörungen verhindert. Anschließend dürfte der Anästhesist ihr Pentothal gegeben haben, und sie wird innerhalb von Sekunden bewußtlos gewesen sein. Um die Gefahr von Wirbelbrüchen herabzusetzen, verabreichte er ihr dann wahrscheinlich ein Muskelrelaxans namens Succinylcholin. Ihr Unterarm, der aus der Blutdruckmanschette hervorragte, dürfte der einzige Teil ihres Körpers gewesen sein, an dem ihr Aufbäumen zu sehen war. Man wusch ihr die Schläfen mit warmem Wasser ab und schmierte sie anschließend mit einem stromleitenden Kontaktgel ein. Dann schloß man sie an EKG- und EEG-Maschinen an. Als nächstes wurde ihr ein Beißkeil in den Mund geschoben, hinten zwischen die Backenzähne. Zwei – wahrscheinlich männliche – Assistenten werden ihre Schultern und Oberschenkel niedergepreßt haben, um zu verhindern, daß der Stromstoß ihre Arme und Beine hochriß, wenn der Arzt auf den roten Knopf drückte. Es machte klick. Etwa hundert Volt strömten eine gute Sekunde lang durch ihren schlanken Körper. Ihre linke Hand, in die das Relaxans nicht hatte vordringen können, wurde auf einen Schlag rot und rollte sich zusammen wie die Metallfolie, die man an Weihnachten in den Kamin warf. Innerhalb von drei Minuten erwachte sie dann kaputt und zerschlagen auf der dünnen Gummimatratze und fühlte sich wie ein verblüfftes kleines Mädchen, dessen Eltern einen Moment nicht aufgepaßt haben und deshalb nicht herbeigelaufen sind, um ihre Tochter aus der großen Welle zu reißen, die ihr den Boden unter den Füßen weggezogen hatte. Wahrscheinlich fragte der Arzt sie, ob sie wisse, was gerade mit ihr passiert war. Ich hoffte, daß sie es wußte, aber ich hoffte auch, daß sie so mit Medikamenten vollgepumpt worden war, daß die Brutalität des Aktes ihren Geist nicht allzusehr in Mitleidenschaft gezogen hatte. Ich hoffte, daß sie ihnen zur Antwort gab, sie sollten sie endlich ausruhen lassen.

Mein Vater wartete in ihrem Zimmer auf sie. Anfangs, so erzählte er mir, konnte Mutter sich nur mehr ein ganz vages Bild von ihren Lieben machen. Diese Unfähigkeit, sich Zugang zu ihrem Gedächtnis zu verschaffen, war eine Nebenwirkung der Therapie. Sobald der Strom in sie eingetreten war, wirkte er wie eine Pistolenkugel, die sich einen wilden, unberechenbaren Zickzackkurs durch ihren Körper bahnte. Die Behandlung ließ sie ihren Wunsch vergessen, stundenlang ohne Unterbrechung zu reden, aber gleichzeitig vergaß sie, wie ich an meinem ersten Schultag ausgesehen hatte; das Kind wurde mit dem Bade ausgeschüttet. Vater mußte ihren Geist mühsam dazu bringen, uns alle wieder zu akzeptieren. Genau wie die meisten anderen Elektroschockpatienten, die Vater im Krankenhaus kennenlernte, war auch Mutter extrem frustriert, weil sie wußte, daß ihr vorübergehender Gedächtnisverlust der Preis war, den sie für ihren faustischen Handel mit dem Psychiater bezahlen mußte. Ich stelle mir ihren Geist wie eine Wiese vor, auf der ein Streifen Gras niedergetrampelt ist, weil sie in ihren manisch-depressiven Phasen immer wieder denselben Weg einschlägt. Die Behandlungen sollten sie diesen Weg durch die Wiese vergessen lassen. Sie sollten ihrem Geist die Möglichkeit geben, sich zu erholen, und dem Gras und den Feldblumen genügend Zeit, sich wieder aufzurichten, so daß Mutter, wenn sie hinterher einen Blick auf die Wiese warf, den Eindruck haben mußte, daß das Gras überall gleich war, eine einheitliche Länge hatte.

Vater erzählte mir, daß er sie nach jeder Behandlung wieder mit Freddy und mir vertraut machen mußte, indem er sich an ihr Bett setzte und ihr unsere Klassenphotos zeigte, die er immer in seiner Brieftasche hatte. Vater erzählte ihr von meinen guten Zeugnissen, und davon, daß ich einmal fälschlicherweise des Plagiats beschuldigt worden war, weil ich in einem Essay über eine Kurzgeschichte von D. H. Lawrence das Wort »enerviert« gebraucht hatte. Er hatte meiner Lehrerin damals einen Brief schreiben müssen, in dem er ihr versicherte, daß ich keine Betrügerin sei. Hätte diese Lehrerin vor mir bereits Freddy unterrichtet, hätte sie gewußt, daß Mr. Barnes und meine Eltern uns mit einer umfangreichen Auswahl an Zeitschriften, Romanen, Enzyklopädien und anderen Nachschlagewerken versorgten. Vater erzählte Mutter, daß Freddy zur Vorbereitung aufs College zusätzliche Kurse in Differential- und Integralrechnung belegt hatte, und daß er bis drei Uhr morgens Hausaufgaben machte.

Nach einer dieser Behandlungen, erzählte mir Vater, hätte Mutter ihn mit offenem Mund angestarrt, als er ihr das Kontaktgel aus dem Haar waschen wollte, wie er es in den Wochen zuvor jeden Montag getan hatte. Er mußte ihr erst erklären, wer er war.

Er lieferte ihr Wegweiser: den Abend, an dem sie mit den Farnhams Bridge gespielt hatten, ehe er sich zum Militär meldete; ihre Flitterwochen im Homestead; den Tag von Freddys Geburt, an dem es fast vierzig Grad heiß gewesen war; die Antiquitätenauktionen, zu denen Vater in weiser Voraussicht immer mit einem Anhänger fuhr, weil er wußte, daß sie irgend etwas Größeres erstehen würden. Er erzählte ihr von meiner Geburt: davon, daß ich mich nicht stillen lassen wollte, und sie daraufhin mit dem Biertrinken anfing. Er erzählte ihr von Pearl und Mr. Barnes, die oft erbitterte Machtkämpfe ausgefochten hatten, weil beide der Meinung waren, am besten zu wissen, was gut für Mutter sei. Er erzählte ihr von dem Pferd, das sie in Mr. Barnes' Stall stehen hatte.

»Aber das erste, was ihr wieder einfiel, war Louisiana«, erzählte mir Vater. »Sie erinnerte sich daran, wie heiß die Sonne an dem Tag schien, an dem ich zu ihr zurückkam. Sie lag auf einer Decke, die Haare unter einem roten Turban versteckt, und ließ sich neben der Nissenhütte rösten. Alle ihre Freundinnen waren bei ihr draußen, aufgereiht wie Hühner auf einem riesigen Grill. Da sie in Louisiana den großen Familienkinderwagen nicht dabei hatte, hatte sie sich einen Schubkarren ausgeliehen und Freddy ein kleines Bett mit einem Zeltdach darüber gebaut. Sehr clever. Maggie konnte sich noch an jeden Rostfleck dieses Schubkarrens erinnern. Wir redeten den ganzen Vormittag über Louisiana, weil das das einzige war, woran sie sich erinnern konnte. Sie war völlig frustriert.« Schließlich sei sie in Tränen ausgebrochen, weil ihr zu Mr. Barnes' Namen kein Gesicht einfiel und Vater kein Photo von ihm dabeihatte.

14

Mutter wurde über einen Zeitraum von acht Wochen mit Elektroschocks behandelt, immer montags vor dem Frühstück. Wenn sie sich nach einer solchen Behandlung wieder kräftig genug fühlte, begleitete Vater sie in die Cafeteria, wo sie mit einem Heißhunger zu essen begann. Sie nahm im Krankenhaus zwanzig Pfund zu. So, wie die Neuverkabelung ihrer Schaltkreise sie Mr. Barnes' Gesichtszüge vergessen ließ, vergaß sie auch, daß sie lange Zeit keine Lust gehabt hatte zu essen. Ich bekam ein paarmal mit, wie Vater mit Pearl über Mutters Gewichtszunahme sprach. Später erzählte mir Vater ausführlicher, was er Pearl damals berichtet hatte.

»Alles«, sagte er. »Einfach alles. Eier, Waffeln, Pfannkuchen, Corn-flakes. Maggie und alle anderen, die morgens mit Elektroschocks behandelt worden waren, aßen, bis die farbigen Bedienungen uns hinausscheuchten, weil sie die Cafeteria vor dem Mittagessen noch saubermachen mußten. Die Kleider, die ihr zu eng wurden, ließ ich von Hubert nach Hause bringen und ersetzte sie durch Sachen von Ellisberg's. Wir ließen alles ein paar Nummern zu groß schikken, weil wir keine Ahnung hatten, wieviel sie noch zunehmen würde. Mir fiel auf, daß sie nicht in ihren üblichen Kaufrausch verfiel, als sie die Bestellung telefonisch durchgab. Sie ließ sich bloß ein paar Kleider schicken, die sie in irgendwelchen Zeitschriften gesehen hatte, lauter hübsche Sachen, und dazu Strümpfe. Keine Schuhe. Das war das erste Anzeichen dafür, daß der Heilungsprozeß tatsächlich eingesetzt hatte. Keine neuen Schuhe. Ich fragte den Arzt wegen der Gewichtszunahme – ob es denn gut für sie sei, wenn sie sich bei jeder Mahlzeit so vollstopfte. Er sagte, das sei in Ordnung. Wenn sie depressiv oder manisch war, stellte sie das Essen einfach ein. Du weißt ja, wie dünn sie manchmal wurde.«

Ich kann mich noch an einen manischen Sommer erinnern, als meine Mutter so mager war, daß sie die Vertiefung zwischen ihrem Schlüsselbein und ihrem Hals voll Wasser füllte, mit ausgestreckten Armen im Garten herumlief und mich aufforderte, das gleiche zu tun und mit ihr ein Wettrennen bis zur Wäscheleine zu veranstalten. Sie hatte bereits komplette Sommer- und Wintergarderoben von Größe vierunddreißig bis achtunddreißig im Schrank hängen, aber nie im Leben hätte ich gedacht, daß sie sich jemals in Größe zweiundvierzig würde blicken lassen.

Sie begann sich wie ein Mitglied der Patientengemeinschaft zu benehmen. Vater zufolge fing sie an, sich mit anderen Leuten zu unterhalten, statt ihnen wie früher ins Wort zu fallen oder einen völlig geistesabwesenden Eindruck zu machen, wenn sie mit ihr redeten. Sie freundete sich mit anderen Patienten an. Sie unterhielt sich mit ihnen über ihre Medikamente und Entlassungstermine. Sie ging sogar so weit, ihrer Zimmergenossin Kleider auszuleihen. Sie schickte Hubert, der als Bote fungierte, mit selbstgemachten Dingen nach Hause: einem getöpferten Seifenhalter in Froschform, einem bestickten Läufer, einem Makramee-Wandteppich, einer Schuhputzschachtel und einer Zeichenanleitung, bei der man durch Verbinden von Zahlen einen Pferdekopf zeichnen konnte. Diese Gegenstände türmten sich auf der Bank in unserer Diele, und jedesmal, wenn Pearl daran vorbeiging, verkündete sie, daß sie endlich einen Platz für die Sachen finden müsse.

»Wenn eure Tante Menefee das nächste Mal kommt«, sagte Pearl zu mir, »wird sie sich über die Seifenschale und den Wandteppich kaputtlachen. Am besten sagt ihr, daß ihr die Sachen in der Schule gemacht habt.«

Pearl wollte nicht, daß jemand über Mutter lachte, aber sie hätte sich deswegen keine Sorgen machen müssen. Ich bezweifle, daß Mutter sich lächerlich vorkam, wenn sie mit anderen Frauen an einem langen Tisch saß, Holzstücke mit Sand bestreute und besagten Frosch knallgrün bemalte. Vielleicht erinnerte sie sich an den Preis, den sie als junges Mädchen für ihre künstlerischen Leistungen bekommen hatte. Vielleicht hat sie den anderen Patientinnen davon erzählt. Wahrscheinlich hatte sie endlich einmal das Gefühl, etwas zu schaffen, das einen Anfang, eine Mitte und einen Schluß hatte. Nur so funktionierte das Leben. Rückblikkend ist mir klar, daß sie Dienstag bis Samstag ein neues Leben übte und montags in die Normalität geschockt wurde.

Ich verbrachte meine Tage damit, sie schrecklich zu vermissen. Ich vermißte ihr Gesicht und ihre Stimme, und obwohl mir kein elektrischer Strom durch den Körper gejagt wurde, war ich wie meine Mutter kaum in der Lage, vor meinem geistigen Auge ein klares Bild von ihr heraufzubeschwören. Mir fiel alles mögliche ein, unverdaute Informationsfetzen, mit denen Freddy mich ständig fütterte, beispielsweise, wie das Wahlmännergremium funktionierte, wann der Wendekreis des Krebses erreicht wurde, und daß die Puritaner ihre Zähne mit Schwefel, Butter und Schießpulver putzten. Nachts im Bett aber mußte ich die Augen zukneifen, um mich an das Gesicht meiner Mutter erinnern zu können. Schließlich holte ich ein gerahmtes Photo aus ihrem Schlafzimmer und stellte es auf meine Kommode. Es war ein Bild, das an einem Wintertag aufgenommen worden war, als ich kaum älter als ein Jahr war. Meine Mutter schob mich in unserem alten Familienkinderwagen durchs Zentrum von Rocky Mount, und als sie stehenblieb, um sich die Photos anzusehen, die im Schaufenster von Barringers Studio ausgestellt wurden, kam Mr. Barringer höchstpersönlich herausgelaufen und fragte sie, ob sie für ein Werbephoto posieren würde. Ein ganzes Jahr lang war das Bild dann in der Zeitung zu bewundern, und darunter stand: »Vorbeispaziert bei Barringer's!« Das Photo zeigte mich, wie ich in meinem Kinderwagen saß und eine Rassel hochhielt, die er mir gegeben hatte. Meine Mutter lächelte. Was ihre Lippen umspielte, war kein manisches Grinsen. Sie lächelte einfach bloß.

Nachdem Mutter etwa einen Monat lang im Duke war, ließen Freddy, Pearl, Olive und ich uns von Hubert hinfahren, um sie zu besuchen. Vater war bereits dort. Er fuhr jeden Freitagabend zu Mutter ins Krankenhaus und quartierte sich übers Wochenende im Blue Devil Lodge ein, das gleich gegenüberlag. Meistens kam er erst am Dienstagnachmittag zurück. Meine Vorstellung von dem, was ich im Duke zu Gesicht bekommen würde, war von Dickens' Beschreibungen der Armenhäuser geprägt. Freddy wollte mir nicht sagen, was uns dort erwartete, und das war wahrscheinlich gut so, weil seine Vorstellungen vermutlich aus Vincent-Price-Filmen stammten. Mit hängenden Schultern trottete er zum Wagen. Mit hängenden Schultern ließ er sich auf den Rücksitz sinken. In derselben Haltung trottete er den ganzen Weg vom Parkplatz zum psychiatrischen Flügel des Krankenhauses, der aussah, als würde Mutter sich dort bestimmt wohlfühlen. Auf den ersten Blick erinnerte er mich an den großen Allzweckraum des Memorial Hospitals aus *As the World Turns.* Ich fragte mich, ob Mutter den Krankenschwestern anfangs wegen Dr. Bob Hughes, Kim, Penny oder Lisa in den Ohren gelegen hatte, ob sie wohl nach ihnen Ausschau gehalten oder andere Leute mit ihren Namen angeredet hatte. Außerdem fragte ich mich, wie sie aussehen würde. Daß sie zugenommen hatte, wußte ich ja bereits.

Sie saß auf der Kante ihres Bettes, über das eine Lammwolldecke gebreitet war, die Pearl ihr geschickt hatte. Als sie aufstand, um uns zu begrüßen, kam sie mir vor wie eine Großmutter mit geschwollenen Knöcheln, die mühsam auf die Tür zuhumpelt, um Verwandte aus einer anderen Stadt zu begrüßen. Da die Medikamente einen Flüssigkeitsstau bewirkten, sahen ihre Beine aus, als wären sie in die Schuhe hineingezwängt worden wie Brückenpfeiler in ein Flußbett. Ihr Haar war kürzer und zu einer bemerkenswerten Art von Kuppelkonstruktion toupiert. Ich fand, daß ihr ganzer Körper wie aufgeblasen aussah. Ihr Anblick erinnerte mich an den Ballon, den ich bei der Parade am Thanksgiving Day gesehen hatte. Das erste, was sie erwähnte, war ihre neue Frisur.

»Hey! Wißt ihr, was?« rief sie. »Das Mädchen am Ende des Gangs ist Kosmetikerin. Sie hat mich frisiert! Sobald ihr Mann neue Zeitschriften mitbringt, wird sie etwas anderes ausprobieren!«

Es ist sehr schwierig für ein Kind, seiner begeisterten Mutter zu sagen, daß ihr Haar schrecklich aussieht, und deswegen war ich sehr froh, als Pearl die Arme ausstreckte, um sie zu begrüßen. Dann umarmte Mutter Freddy, der die Hände lange genug aus den Hosentaschen nahm, um seine Arme um ihren Rücken zu schlingen. Und schließlich kam sie zu mir. Ich empfand eine Mischung aus Argwohn und Eifer. Irgend etwas an ihr – vielleicht war es auch nur ihre Anwesenheit an diesem Ort – verursachte mir eine Gänsehaut und hinderte mich daran, mich so richtig zu entspannen, als sie mich in die Arme nahm und mir sagte, wie schön es sei, mich zu sehen. So sehr ich mich auch nach ihr sehnte, fühlte ich mich doch wie ein junger Hund, der schon zu oft dafür gescholten worden war, daß er den Teppich naß gemacht hat, sich aber trotzdem verzweifelt die Liebe und Aufmerksamkeit seines Herrchens oder Frauchens wünscht. Ich kehrte zu Pearl zurück, die mir den Arm um die Schulter legte und mich fest an sich drückte. Ihr war wohl nicht entgangen, wie vorsichtig meine Umarmung ausgefallen war. Dann sagte Mutter, wie groß Freddy und ich inzwischen schon seien. Dabei waren wir beide zu alt, um in einem Monat merklich gewachsen zu sein. Ich weiß noch, was mir damals durch den Kopf ging: daß sie einfach nicht wußte, was sie sonst hätte sagen sollen. Ich war den ganzen weiten Weg gefahren, um meine Mutter zu besuchen, und nun fiel uns nichts anderes ein, als über unsere Größe zu reden. Nun, da keiner von Mutters üblichen Anfällen in der Luft lag, suchten wir verzweifelt nach einem Gesprächsthema. Mr. Barnes hatte Rosen für Mutter mitgeschickt, aber sie wollte sie erst später ins Wasser stellen. Mr. Barnes' Rolle bei Mutters Genesungsprozeß wurde durch Miss Woodward kompliziert, die zwischenzeitlich immer weniger wie eine einsame alte Jungfer, sondern zunehmend wie eine besitzergreifende Geliebte auftrat. Früher hätte er ihr Hauskleider und Nachthemden geschickt, aber seit Miss Woodward seine Einkäufe überwachte, bekam Mutter Blumen, nichts als Blumen. So sehr er sich auch gewünscht haben muß, Mutter zu sehen, konnte er sie trotzdem nicht im Duke besuchen, weil er das Krankenhaus noch immer mit unglücklichen Erinnerungen verband. Aber selbst wenn es ihm gelungen wäre, sich selbst zu überwinden, bezweifle ich, daß er die anderen Patienten ertragen hätte. Er hätte sich gewünscht, daß sie aus ihrem Nebel barbituraterzeugter Trunkenheit aufwachen, sich zusammenreißen und mehr Selbstachtung an den Tag legen würden. Es überschritt einfach seine Vorstellungskraft, daß Selbstachtung und Selbstdisziplin zu den Dingen gehören, die bei einem kranken Menschen ganz unten auf der Liste stehen. Bestimmt hätte er bei sich gedacht, daß diese Menschen, wenn sie sich schon so verrückt benehmen mußten, das doch auf ihren Zimmern tun sollten und nicht während der Besuchszeiten im Aufenthaltsraum. Sie könnten doch still und leise vor sich hinleiden, wie Maggie es immer getan hatte, zumindest bis zu dem Tag, als sie mit dem Wagen ausriß.

Eine Krankenschwester kam herein und erklärte Mutter, daß sie mit ihren Besuchern in den Aufenthaltsraum gehen müsse. Sie könne mit ihnen nicht in ihrem Zimmer bleiben.

Mutter erzählte uns, daß sie immer noch unter strenger Aufsicht stehe. Sie sagte das freundlich und im Flüsterton, fast wie ein Schulmädchen, die sich über ihren Schreibtisch beugt und dem Mädchen vor ihr zuflüstert: »Ich trage heute einen Sport-BH.«

Vater wollte nicht, daß Mutter sich weiter darüber ausließ, wie viele Tage sie noch hinter sich bringen mußte, bis sie nicht mehr als selbstmordgefährdet galt. Deswegen überschüttete er uns mit Fragen über unsere schulischen Leistungen. Er wollte wissen, ob wir etwas mitgebracht hätten, das wir Mutter zeigen könnten.

Pearl hatte mich ermuntert, einen meiner Aufsätze mitzunehmen. Nachdem Mutter ihn gelesen hatte, drängte sie die anderen Patienten im Aufenthaltsraum, ihn ebenfalls zu lesen. Sie ließ ihn herumgehen wie einen Klingelbeutel. Es ging ihr zwar gut, dachte ich, aber *so gut* nun auch wieder nicht. Pearl und Olive saßen beide mit einer großen Handtasche auf dem Schoß da, aber im Gegensatz zu Pearl war Olive genauso neugierig wie ich und ließ immer wieder den Blick durch den Raum schweifen. Hin und wieder stupste Pearl uns am Knie an, damit wir aufhörten, die anderen Patienten anzustarren.

»Was macht ihr, wenn einer auf euch aufmerksam wird und herüberkommt?« flüsterte sie. »Ihr seid gekommen, um Miss Maggie zu besuchen. Hört auf, so zu starren.«

Mutter bemühte sich währenddessen, Freddy zum Sprechen zu bewegen. Sie versuchte ihn dazu zu bringen, ein bißchen aus sich herauszugehen. Ich weiß noch, daß sein Gesicht an dem Tag ziemlich schlimm aussah; er hatte sich beim Rasieren geschnitten, als er versuchte, mit der Rasierklinge über seine Pickel zu fahren. Mutter brachte das zur Sprache, als wären sie zu Hause allein im Bad. Vater konnte uns nicht helfen, das Gespräch in andere Bahnen zu lenken, weil er inzwischen mit einem Mann beschäftigt war, der ihn zum Aufsichtsratsvorsitzenden seiner Firma machen wollte. Ich fragte mich, ob der Mann tatsächlich meinte, was er sagte. Konnte Vater auf diese Weise mehr Geld verdienen? Würden wir nach New York ziehen? Was für eine Art von Firma hatte dieser Mann überhaupt? Mutter, die sich in der Gesundheitshierarchie der Klinik bereits einen festen Platz erobert hatte, konnte der Versuchung nicht widerstehen, ihn als kränker hinzustellen, als sie je gewesen war.

»Mr. Boyd, erzählen Sie meiner Freundin Pearl von Ihrer Firma«, sagte sie.

»Nun, ich mache in Postkarten, müssen Sie wissen. Warten Sie, ich bin sofort wieder da. Es dauert nur ein Augenblickchen!« Schon trabte er den Gang hinunter.

Pearl schnaubte. »›Ein Augenblickchen!‹ Wovon redet der Kerl überhaupt?«

Vater erzählte uns, was er über den Mann wußte: daß er alle Karten aufbewahrte, die er während seines Klinikaufenthalts bekommen hatte, und daß er die fixe Idee hatte, diese Karten alle selbst produziert zu haben und einen großen Postkartenkonzern zu besitzen.

Mutter strahlte. »Seht ihr? So ist das, wenn man *wirklich* krank ist. Mein Gott, ihr glaubt gar nicht, wieviel besser ich mich schon fühle. Ich kann mich zwar die meiste Zeit nicht an meinen Namen erinnern, aber Junge, mir geht's wirklich besser.«

Bevor der Postkartenmann zurückkommen konnte, brachen wir zu einem kleinen Spaziergang durch den psychiatrischen Flügel auf, wobei wir nur einmal kurz anhielten, damit Mutter sich zur Medikamentenausgabe anstellen konnte, die das wichtigste Ereignis eines Patientennachmittags zu sein schien. Sie traf auf den silbernen Wagen, als die Krankenschwester ihn gerade aus dem Schwesternzimmer rollte. Andere Frauen eilten herbei, legten die Hände an den Wagen und begleiteten ihn mit feierlicher Miene bis zur Mitte des Raumes, als wären sie Sargträgerinnen. Die kleine weiße Papptasse voller Pillen erinnerte mich an eine altmodische Schwesternhaube. Noch heute sehe ich Mutter vor mir, wie sie sich die Pillen in den Mund schüttet und Wasser nachtrinkt. Wie die anderen Patienten mußte sie anschließend den Mund weit öffnen, damit die Schwester sehen konnte, ob unter ihrer Zunge noch Tabletten versteckt waren. Pearl fragte Mutter, warum die Münder der Patienten auf diese Weise inspiziert würden.

Mutter erklärte ihr, daß die Leute manchmal Tabletten zurückbehielten, weil sie es nicht eilig hatten, gesund zu werden. »Es kommt darauf an«, sagte sie, »ob man gerade ein Hoch oder ein Tief hat. Manche Leute genießen dieses extreme Hochgefühl. Bei mir war das früher auch so.«

»Ja, Ma'am«, pflichtete Pearl ihr bei, »deswegen sind Sie auch mit dem Auto abgehauen.«

Vater forderte Pearl mit einem mahnenden Blick auf, nicht über Mutters Vergangenheit zu sprechen. Sie hatte jetzt ein neues Leben, und zu diesem Leben gehörten Gruppentherapiestunden, psychoanalytische Sitzungen, Basteln und Malen, Singen, Pingpong und Puzzles. Sie zeigte uns das Schwarze Brett, wo alle Veranstaltungen der Woche angeschlagen waren, und erklärte uns, daß man ihr bald erlauben werde, mit anderen Patienten ins Kino oder Theater zu gehen. Die Erlaubnis, an einem dieser Ausflüge teilnehmen zu dürfen, bedeutete ein neues Ziel in ihrem Leben. Ich weiß noch, wie sie beim Reden die Hand vor den Mund legte, als wollte sie verhindern, daß jemand vom Personal hörte, wie sie aus dem Nähkästchen plauderte.

»Im Moment«, sagte sie, »haben sie noch Angst, daß ich die Orientierung verlieren und weglaufen könnte. Wenn es mir nächste Woche noch so gut geht, darf ich mit ihnen zu Van Cliburn fahren.«

Ich dachte mir, daß sie, wenn es ihr nächste Woche noch so gut ging, genausogut nach Hause kommen und anfangen könnte, uns eine Mutter zu sein. Wen interessierte schon Van Cliburn, wer auch immer er sein mochte. Ich wollte, daß sie zurückkam und etwas von ihrer neuen Normalität an ihrer Familie ausprobierte. Sie schien in der Klinik eine Menge Spaß zu haben, und ich wollte, daß sie etwas davon an uns weitergab.

Als nächstes gingen wir in die Cafeteria zum Abendessen. Freddy und ich waren nicht auf das Spektakel vorbereitet, das Mutter bei Tisch bot. Sie aß schmatzend. Sie aß, während sie redete. Sie aß mit den Händen. Meine elegante

Mutter nagte an Hühnerknochen. Wir waren alle so damit beschäftigt, unsere Reaktionen unter Kontrolle zu halten, daß niemand ein Wort herausbrachte, als Olive plötzlich zu reden begann.

Sie sagte: »Ich würde sie aufhalten, bevor sie platzt.«

Als wir Mutter in ihr Zimmer zurückbegleiteten, kamen wir am Zimmer des Postkartenmannes vorbei. Die Tür stand offen. Er saß auf dem Bett und hatte seine Karten vor sich ausgebreitet, als würde er Patiencen legen. Ich weiß noch, daß Pearl zwei Finger auf ihre Lippen preßte, um mich auf diese Weise aufzufordern, ganz leise zu sein, damit er uns nicht bemerkte. Auf Vaters Bitte hin hatte Mutter die Erlaubnis bekommen, uns bis zum Ausgang begleiten zu dürfen, wenn er sie anschließend auf ihr Zimmer zurückbrachte; aber sie erklärte, sie bliebe lieber auf der Station.

»Vielen Dank für das Angebot«, sagte sie, »aber ich würde lieber hierbleiben.«

Diese Worte klangen wie eine Phrase, die man ihr in der Klinik beigebracht hatte, eine Phrase, die ihr ein Arzt ins Gehirn gepflanzt hatte, als er ihre neue Persönlichkeit installierte. Ich war traurig, als ich das Krankenhaus verließ. Meine Gefühle konzentrierten sich auf ihre neue Frisur, die sich in so unmittelbarer Nähe zu ihrem Gehirn befand. Vielleicht war die neue Frisur eine Art Anzeiger, wie eine Wetterfahne, die in eine bestimmte Richtung wies, um uns zu zeigen, daß sie als ein anderer Mensch nach Hause kommen würde, womöglich so nichtssagend, zurechtgestutzt und auftoupiert wie viele andere Frauen. Auf dem Heimweg ließ Pearl Hubert an einem Imbißstand anhalten. Mein Bruder aß nichts. Er ließ während der ganzen Fahrt nach Rocky Mount den Kopf hängen.

15

Auf Mutters Heimkehr zu warten war vielleicht mit der Situation eines Trauernden zu vergleichen, der neben den Schienen stand und auf den Zug wartete, in dem die Leiche von Lincoln oder Franklin Roosevelt vorbeifahren sollte. Obwohl es ziemlich kalt war, setzte ich mich auf die Haustreppe und wartete. Hin und wieder fragte ich mich, wie lange Vater wohl noch zu fahren hatte und ob Mutters Kopf immer noch so groß war, ihre Knöchel immer noch geschwollen, das neue Fett um ihre Taille weich und wabbelig. Ich hatte keine klare Vorstellung, wen ich eigentlich erwartete, außer, daß es sich um meine Mutter handelte, aber das bedeutete für mich im Grunde nur, daß eine der vielen Persönlichkeiten aus ihrer Sammlung durch die Tür treten würde. Ob ich diesmal den Menschen zu Gesicht bekommen würde, der sie wirklich war? Wie der Trauernde neben den Schienen hoffte auch ich, einen Blick hinter den Vorhang zu erhaschen.

Mr. Barnes und Miss Woodward waren da, ebenso Tante Menefee und Onkel Lawrence. Sie warteten im Haus. Ich war zur Seite gerückt, um sie an mir vorbei die Treppe hochgehen zu lassen. Nur Onkel Lawrence und Miss Woodward hatten mich gegrüßt. Mr. Barnes hatte gerade etwas über Martin Luther King jr. gesagt, den er für einen Kommunisten hielt. Beim Hineingehen bemerkte Tante Menefee, daß King nicht wisse, wo sein Platz sei – ein Vorwurf, den sie auch Pearl machte. Ich war ein paarmal Zeuge geworden, wie sie sich bei Vater darüber beschwerte. Ihre Kinder hatte Tante Menefee diesmal zu Hause gelassen, weil sie es vorzogen, vor dem Fernseher zu sitzen. Freddy hatte sich in seinem Zimmer eingeschlossen. Ich wußte, daß er Mr. Barnes erst unter die Augen treten würde, wenn es sich absolut nicht mehr vermeiden ließ. Er würde aus seinem Zimmer auftauchen, Mutter begrüßen und mit ihr zu Abend essen und sich dann wieder zurückziehen.

Miss Woodward hatte einen Truthahn und verschiedene Gemüse mitgebracht, und Pearl und Olive waren in der Küche damit beschäftigt, alles aufzuwärmen. Hubert war verschwunden, wie meistens, wenn sich im Haus irgendein Wandel vollzog. Er hatte sich vor ein paar Tagen mit Pearls Wagen davongemacht, der zuletzt vor einem Etablissement namens *Wright's Chick Shack* gesehen worden war. Mit seiner Flucht verdarb er Pearl fast die Freude über Mutters Heimkehr. Sie beschwor Vater, Hubert zu feuern, sobald er wieder auftauchte. »Sonst mache ich es selbst!« meinte sie. Sie war so wütend, daß sie einen Hilfssheriff anrief; aber sie wurde noch wütender, als er Vater in Hörweite von Pearl erklärte, daß er Hubert nicht verfolgen werde, weil er mit so einem »Niggertheater« nichts zu tun haben wolle.

Als ich Vaters Wagen die Straße herunterkommen sah, lief ich ins Haus und rief, daß Mutter in Sicht sei. Alle kamen heraus und warteten. Als das Auto in die Einfahrt bog, ging Mr. Barnes als erster die Treppe hinunter, um ihnen entgegenzugehen. Wir anderen folgten ihm. Freddy stand in seinem Steve McQueen-Outfit, bestehend aus Sweatshirt und heller Jeans, neben Olive und bemühte sich, Mr. Barnes' Blicken auszuweichen, die zu sagen schienen: »Benimm dich ja anständig, wenn deine Mutter aus dem verdammten Wagen steigt!«

Mutters Füße berührten bereits den Boden, als Vater den Wagen noch gar nicht richtig zum Stehen gebracht hatte. Sie war nach wie vor dick, aber als Mr. Barnes ihr eine Hand entgegenstreckte, um ihr beim Aussteigen zu helfen, sprang sie heraus, als wäre sie leicht wie eine Feder. Sie umarmte erst Mr. Barnes und dann Miss Woodward, die neben ihn getreten war. Dann wandte sie sich uns zu. Sie humpelte nicht mehr, sondern ging sehr schwungvoll. Wir hatten uns zu einem locker aufgereihten Begrüßungskomitee formiert, das mit Mr. Barnes begann und mit Olive endete. Pearl schob mich vor sich und legte ihre Hände auf meine Schultern; als Mutter mich erreichte, gab Pearl mir einen leichten Schubs. Mutter schlang die Arme um mich und hob mich hoch. Mr. Barnes sagte, sie solle sich nicht übernehmen. Sie antwortete, er brauche sich deswegen keine Sorgen zu machen. Mir ging durch den Kopf, daß er bestimmt eifersüchtig war, weil sie ihn nicht so überschwenglich begrüßt hatte.

»Wir haben soviel zu tun«, flüsterte sie mir ins Ohr.

Ich nahm an, sie meinte damit, daß wir jetzt alles nachholen würden, was wir bis dahin versäumt hatten. Am liebsten hätte ich sie gefragt: »Was zum Beispiel?«, aber die Frage schien mir unpassend. Seit ich wußte, daß sie gesund nach Hause kommen und deshalb keinen Grund mehr haben würde, nicht meine Mutter zu sein, hatte ich im Geiste eine Liste von Dingen zusammengestellt, die sie und ich miteinander tun konnten. Ich wollte, daß sie sich abends bei mir auf die Bettkante setzte und mit mir so redete, wie June Cleaver manchmal mit Beaver redete. Ich wollte, daß sie etwas kochte, egal was, und mich mithelfen ließ. Sie, und nicht Pearl, sollte mich morgens wecken. Sie sollte mein Haar zu einem französischen Zopf flechten, was normalerweise Olive tat. Meine Liste war endlos lang. Aber statt Mutter zu sagen, daß ich sehr wohl wußte, daß wir ein großes Programm vor uns hatten, bedankte ich mich bloß und wartete, bis sie mich wieder auf den Boden setzte.

Als nächstes kam Pearl an die Reihe. Ich hörte, wie Mutter ihr dafür dankte, daß sie in ihrer Abwesenheit auf Freddy und mich aufgepaßt hatte. Pearl hätte ihr zur Antwort geben können, daß sie sich schon viel länger als acht Wochen um uns kümmerte, aber sie tat es nicht. Sie versicherte Mutter, daß wir uns mustergültig benommen hätten. Als letzten umarmte Mutter Freddy. Sie sagte etwas zu ihm, das ich nicht verstehen konnte, und ging dann mit ihm aufs Haus zu, den Arm um seine Taille gelegt. Mir fiel auf, wie sie dahinschlenderte: weder zu schnell noch zu langsam. Sie trug einen kamelhaarfarbenen Mantel, nicht den roten Swinger, der sie in so große Schwierigkeiten gebracht hatte. Erleichtert nahm ich zur Kenntnis, daß ihr Haar nicht mehr zu einer Kuppel aufgetürmt, sondern zu einem lockeren Knoten hochgesteckt war, aus dem ein paar vorwitzige Strähnen lugten. Ich fand, daß sie phantastisch aussah. Ihre Haut lief keine Gefahr mehr, so zu werden wie die der alten Tanten in der Kirche. Als sie an Olive vorbeikam, drückte sie ihre Hand und dankte ihr dafür, daß sie sich während ihrer Abwesenheit um das Haus gekümmert hatte. Wieder hätte man Mutter zur Antwort geben können, daß sie – zumindest im übertragenen Sinn – kaum zu Hause gewesen war, seit das Haus stand, aber wir hätten es nie gewagt, ihr auch nur eine Sekunde ihrer Heimkehr zu verderben.

Mutter forderte mich auf, sie in die Küche zu begleiten und ihr zu helfen, das Essen fertigzumachen. Mutter hatte Pearl nie in der Küche geholfen. Seit dem Tag, als sie inmitten ihrer Kochbücher auf dem Boden saß und herauszufinden versuchte, was Katholiken aßen, hatte sie sich meines Wissens nie mehr um die Zubereitung einer Mahlzeit gekümmert. Vater sagte zu ihr, sie solle sich lieber hinlegen und ausruhen, aber sie wollte von einem Nickerchen nichts hören.

»Ich weiß sehr gut, was ich mir zumuten kann und was nicht«, erklärte sie. »Ich habe schließlich nicht angeboten, bei einem Wettlauf mitzumachen. Ich will bloß ein bißchen beim Kochen helfen.«

Als wir in die Küche kamen, stellte sich heraus, daß es dort nichts mehr zu tun gab. Aber Mutter beharrte darauf, trotzdem etwas zu tun, und Pearl gab ihr den Auftrag, Eis in die Gläser zu füllen. Normalerweise war das meine Aufgabe, die Aufgabe eines Kindes.

Sobald wir alle am Tisch saßen, verkündeten Mr. Barnes und Vater, daß sie Mutter als Buchhalterin anstellen wollten. Sie sollte sich um den verpachteten Grundbesitz kümmern. Mutter antwortete, daß sie sich durch das Angebot geschmeichelt fühle und es gerne annehme. Sofort hatte ich wieder Angst um sie. Ich befürchtete, daß sie immer noch zu labil wäre, um eine solche Verantwortung zu übernehmen. Ich hatte meine Mutter nie als berufstätige Frau gesehen. Wahrscheinlich, so dachte ich, würde Vater ihr immer wieder unter die Arme greifen müssen.

Wie sich nun herausstellte, hatte Mutter ebenfalls ein paar Erklärungen abzugeben. Sie teilte uns mit, welche Veränderungen in unserem Haushalt nötig waren, um sicherzustellen, daß es ihr auf Dauer gutging. Sie hatte Erklärungen abgegeben, solange ich denken konnte, aber diesmal schrie sie sie nicht heraus. Sie sprach sehr bedächtig. Vor allem, sagte sie, würde sie keine »plötzlichen Aufregungen« vertragen. Sie brauche eine gewisse Routine, ähnlich wie im Krankenhaus, und es sei wichtig, daß alle Familienmitglieder sie frühzeitig über ihre Pläne informierten, damit sie sich darauf einstellen könne. Sie erklärte uns, daß sie sich immer wie Lucy gefühlt habe, als diese mit Ethel an einem Fließband Süßigkeiten einpackte, das schneller lief, als sie arbeiten konnten. Als der Chef vorbeikam, um ihre Arbeit zu überprüfen, entging ihm irgendwie, daß die beiden sich Süßigkeiten in den Mund, die Taschen und unter den Hut stopften, um den Anschein zu erwecken, daß alles hervorragend klappe. Angetan von ihrer Effizienz, rief der Chef:

»Legt noch einen Zahn zu!«, und das Fließband lief noch schneller. Lucy und Ethel wußten sich überhaupt nicht mehr zu helfen, und am Ende des Tages hatten sie Bauchschmerzen und mußten Ricky und Fred gestehen, daß sie versagt hatten.

»Jetzt, da ich wieder zu Hause bin«, verkündete sie, »möchte ich nicht mehr Süßigkeiten, als ich verkraften kann. Einverstanden?«

Des weiteren erklärte sie, daß ich auf dem Kalender vermerken solle, wenn im Lauf des Schuljahres ein besonderes Ereignis anstünde. Wenn Vater zu einem offiziellen Essen eingeladen sei, solle er es genauso halten. Wenn Mr. Barnes mit ihr ausreiten wolle, könne er nicht wie früher einfach auftauchen und erwarten, daß sie sofort ihre Reitstiefel anziehe. Er müsse vielmehr damit rechnen, daß sie beschäftigt sei. Er solle vorher anrufen und seine Pläne mit ihr absprechen. Für Miss Woodward, Onkel Lawrence und Tante Menefee hatte sie keine Anweisungen, obwohl sie alle drei eine Weile fixierte, als versuche sie, sich für sie ebenfalls etwas einfallen zu lassen.

Mr. Barnes war der einzige am Tisch, der sich über Mutters neue Entschlossenheit zu amüsieren schien. Wir anderen waren ein bißchen bestürzt, sogar Vater. Offenbar hatte sie ihn auf der Heimfahrt nicht in ihre Pläne eingeweiht. In Zukunft, so dachte ich, würde es bei uns zugehen wie in einem gemütlichen Militärlager. Pearls Rolle würde jetzt, da Mutter wieder da war, stark beschnitten werden, und Olive würde nur noch unser Zimmermädchen sein. Mutter verkündete, daß sie vorhabe, an zwei Abenden pro Woche zu kochen, sobald sie sich aus ihren Kochbüchern eine Sammlung von Rezepten zusammengestellt habe. Sie wollte, daß ihre Nähmaschine aus dem Speicher geholt und geölt wurde, weil sie vorhatte, einen Teil meiner Sachen selbst zu nähen. Außerdem wollte sie den Führerschein machen. In Zukunft wollte sie mich selbst in die Schule fahren und wieder abholen. Beeindruckt fragte ich mich, ob sie die letzten Tage in der Klinik damit zugebracht hatte, eine Liste mit den Dingen zusammenzustellen, die sie unbedingt tun wollte.

Vater reagierte auf all ihre Forderungen mit einem pauschalen »Ich wüßte nicht, was dagegenspricht.«

Kurz zuvor hatte ich den Film »Die Körperfresser kommen« im Fernsehen gesehen. Meine Mutter erschien mir wie eines dieser außerirdischen Wesen. Sie wirkte so ruhig, fast schon eindimensional, behielt aber immer ihr neu programmiertes Tempo bei. Ich kannte sie mit all ihren Höhen und Tiefen, und nun, da diese Extreme gekappt worden waren, ruhte sie genau in der Mitte ihres Spektrums.

Bevor Pearl anfing, das Essen aufzutragen, bat Mutter Freddy, ein Tischgebet zu sprechen, was wir sonst nur an Thanksgiving und Weihnachten taten. Ich zuckte zusammen, als er eines unserer Kindergebete sprach. Etwas anderes konnte er nicht. Obwohl wir wußten, daß Mr. Barnes mit diesem kindischen Reim nicht einverstanden war, hatten weder Freddy noch ich Vaters übliches Tischgebet oft genug gehört, um es uns einprägen zu können. Mr. Barnes funkelte Freddy böse an, als wir nach dem Gebet den Kopf hoben.

Mutter sah, was vor sich ging, und lenkte Mr. Barnes ab. Sie fragte ihn, was aus dem alten Mr. Tucker geworden sei, einem Mann mit elf Kindern, der während der Wirtschaftskrise ein Schild über seinem Tisch aufgehängt hatte, auf dem stand: »Wer hier ißt, arbeitet auch hier. Faulpelze unerwünscht!« Kein Wunder, daß er ein Freund von Mr. Barnes gewesen war. Mr. Barnes antwortete Mutter, daß der Mann in seiner Tabakscheune einem Herzinfarkt erlegen sei, umringt von seiner Kinderschar.

»Ich wette, sie sind sofort herbeigestürzt, um ihm zu helfen.« Mutter lachte über ihren Scherz.

»Nein, sind sie nicht«, antwortete Mr. Barnes. »Sie haben ihn wie einen räudigen Hund behandelt. Haben erst einen Arzt geholt, als es schon zu spät war.«

Miss Woodward und Mutter waren sich einig, daß Mr. Tucker bloß die Quittung für seine Bosheit bekommen hatte, aber Tante Menefee, die wie immer darauf aus war, Mr. Barnes zu gefallen, erklärte entrüstet, daß es eine Schande sei, seinen eigenen Vater so zu behandeln. Ich sah zu Freddy hinüber und bemerkte, daß er mit diskret gesenktem Kopf vor sich hin grinste. Später gestand er mir, daß er sich vorgestellt hatte, wie Mr. Barnes bei einem solchen Anfall nach Luft japste.

Während Pearl das Essen servierte, unterhielten sich alle über belanglose Themen. Als sie fertig war, rief Miss Woodward sie zu sich und flüsterte ihr etwas ins Ohr.

Pearl rief: »Du lieber Himmel! Die habe ich im Herd stehenlassen!« Sie trabte in die Küche und kam kurz darauf mit einer Schüssel zurück, die bis zum Rand mit Austernsoße gefüllt war. Sie fing bei Miss Woodward an und arbeitete sich dann langsam um den Tisch herum, wobei sie sich bei jedem wegen der Verspätung entschuldigte. Als ich an der Reihe war, lehnte ich mit einem »Nein, danke« ab, und Freddy machte es genauso.

Mr. Barnes legte seine Gabel weg. »Ist irgend etwas mit dem Essen nicht in Ordnung?« fragte er uns.

Pearl, die nicht hören wollte, was uns ihrer Meinung nach blühte, stellte die Schüssel auf den Tisch und verschwand in die Küche.

Mutter erklärte Mr. Barnes, das alles ganz vorzüglich sei, und dankte Miss Woodward für das mitgebrachte Essen.

Aber damit gab er sich nicht zufrieden. »Als ich ein kleiner Junge war«, sagte er zu uns, »wurde gegessen, was auf den Tisch kam.«

»Sehr schön«, seufzte Mutter, »aber Freddy und Hattie mögen nun mal keine Austernsoße. Ich glaube, man kommt erst mit der Zeit auf den Geschmack. Bei allem anderen haben sie ja tüchtig zugelangt.«

Miss Woodward schien es nichts auszumachen, daß wir ihre Soße verschmähten, jedenfalls sagte sie nichts. Mr. Barnes sprach weiter. »Wenn ihr mich fragt, sind sie beide schrecklich verzogen«, wandte er sich an meine Eltern.

Wie erstaunlich, dachte ich, daß diese Bemerkung ausgerechnet von jemandem kam, der jahrelang meine Mutter verzogen hatte. Vater wollte gerade sagen, daß der Truthahn besonders saftig sei, aber Mr. Barnes unterbrach ihn mitten im Satz und wandte sich an Freddy: »Mich würde interessieren, was du machst, wenn du am College bist und keine Niggerköchin mehr hast, die dich versorgt.«

Mutter faltete ihre Serviette zusammen. Sie schien keinen Hunger mehr zu haben. »Pearl ist keine Niggerköchin«, widersprach sie ihm. »Sie ist ein Mitglied dieser Familie, und niemand, nicht einmal du, darf so über sie reden.«

Mr. Barnes versuchte einzulenken. »Ich wollte damit doch nur sagen, daß Freddy es sich wahrscheinlich nicht mehr leisten kann, so heikel zu sein, wenn er erst einmal am College ist.«

Freddy murmelte: »Es gibt dort eine Cafeteria mit einem Buffet.«

»Siehst du?« meinte Mutter. »Er kann so heikel sein, wie er will. Und Hattie kann sich in der Schule ebenfalls aussuchen, was sie essen will. Ich weiß das. Ich kenne ihre Schule. Und jetzt möchte ich, daß diese Diskussion ein Ende hat.«

Mr. Barnes lächelte sie an. Eigentlich war es eher ein süffisantes Grinsen.

»Ich weiß nicht, was daran so lustig sein soll«, sagte Mutter. »Es besteht wirklich kein Grund, auf den Kindern herumzuhacken, bloß weil sie keine Austernsoße essen wollen. Und das ist mein voller Ernst.«

Mr. Barnes umklammerte seinen Teller mit beiden Händen. Es sah aus, als würde er ihn jeden Moment quer durchs Zimmer schleudern. Miss Woodward versuchte ihn zu beruhigen, indem sie ihre Hand auf die seine legte. Ich bezweifle, daß je ein Mensch in diesem Ton mit ihm gesprochen hatte, außer vielleicht sein Vater. Er schob seinen Stuhl zurück und erklärte Miss Woodward, daß sie sofort aufbrechen würden. Sie stand auf und beide verließen fluchtartig das Eßzimmer. Als es Mutter schlecht ging, hatte ich miterlebt, wie sie Tante Menefee aus dem Haus trieb, aber diesmal ging es ihr gut, und sie hatte Mr. Barnes eine Abfuhr erteilt, ohne anschließend gleich aufzuspringen, um ihm nachzulaufen und ihn zu bitten, an den Tisch zurückzukehren, wo alles wieder gut sein würde.

Vater wartete, bis die Haustür zugefallen war, ehe er Mutter fragte, ob sie in Ordnung sei. Soviel zum Thema »nicht aufregen«, dachte ich.

Sie antwortete ihm, daß es ihr gutgehe. »Ich kann bloß dieses Benehmen nicht dulden«, sagte sie.

Sie schien stolz darauf zu sein, so kurz nach ihrer Heimkehr einen so beträchtlichen Sieg errungen zu haben. Zunächst wußten wir nicht, was wir sagen sollten. Nicht einmal Vater. Dann blickte Freddy plötzlich von seinem Teller auf, über den er sich die ganze Zeit gebeugt hatte, starrte Mutter bewundernd an und sagte: »Wow!«

»Und dabei«, antwortete Mutter, »habe ich noch nicht mal eine Nerventablette genommen.« Ich hatte gehört, wie Vater zu Pearl gesagt hatte, daß eines der Medikamente, das Mutter einnehmen müsse, Miltown heiße. Der Name faszinierte mich. Er ließ mich an die Strumpffabrik auf der anderen Seite von Rocky Mount denken, an die lärmenden Webstühle und die von den Baracken der Arbeiter gesäumten Straßen.

Damals war mir meine Mutter auf Anhieb sympathisch, auch wenn sie mir immer noch wie eine Fremde vorkam. Ich war mir sicher, daß Mr. Barnes sie ebenfalls mochte, vermutete aber, daß er wütend war, weil es ihr so gutging. Ich wußte, daß sie ihm fehlen würde. Niemand konnte ihre Stelle in seinem Leben einnehmen, nicht einmal Miss Woodward mit ihren perfekten Aufläufen und Eintöpfen. Meine Mutter hatte immer wie eine Schlingpflanze an ihm gehangen, aber nun waren ihr Arme gewachsen, und sie hatte eine Schere gefunden und sich an der Wurzel abgeschnitten. Sie gehörte jetzt sich selbst, nicht mehr ihm, und das alles hatte sich anhand einer Schüssel Austernsoße herausgestellt.

Nachdem Mutter und ich Olive geholfen hatten, den Tisch abzuräumen, ging ich in mein Zimmer, um zu lesen. Auf dem Weg nach oben hörte ich Mutter zu Vater sagen: »Zeit für mein Nickerchen.«

»Laß mich dir helfen«, sagte er.

»Ich komme schon klar«, antwortete sie. Ich hörte, wie sie sich küßten. Dann sagte Vater zu ihr, er hoffe, sie werde gut schlafen.

Ich war erst ein paar Minuten in meinem Zimmer, als sie mich rief. Sie bat mich, zu ihr hinüberzukommen. »Und bring ein Buch mit!« rief sie.

Bewaffnet mit *Frankenstein*, ging ich in ihr Zimmer. Sie erwartete mich an der Tür. »Komm rein und laß uns zusammen lesen«, sagte sie. Ich war zu erstaunt, um mich richtig über diese Aufforderung freuen zu können. Sie ging zum Bett hinüber, ließ sich auf der Bettkante nieder und begann, die Nadeln aus ihrem Haar zu ziehen.

»Kriech rein«, sagte sie.

Während ich das Bett umrundete und auf die Seite meines Vaters ging, betrachtete ich sie. Die Haarnadeln lagen inzwischen in einer Keramikschüssel auf ihrem Nachttisch, und sie hatte gerade ihren Rock nach oben gestreift, um ihre Strümpfe aus dem Strapsgürtel zu lösen. Ich fragte mich, wieviel weiter sie wohl gehen würde. Würde sie Rock und Bluse mit einem Nachthemd vertauschen? Würde ich sie im BH sehen? Ich legte mich aufs Bett, drehte ihr den Rücken zu und hoffte, sie würde sich beeilen und mir sagen, was sie vorhatte. Am meisten hatte ich Angst davor, daß sie ein langes Gespräch mit mir führen wollte – das Gespräch, das ich mir immer gewünscht hatte. Aber anscheinend hatte sie wirklich vor, mit mir zu lesen, und so widmete ich mich meinem Buch. Als sie ihre Strümpfe ausgezogen hatte, ging sie zu einem ihrer Koffer hinüber und nahm ein Exemplar von *Jenseits von Eden* heraus. Sie kam zum Bett zurück, schüttelte ihr Kissen auf und legte sich hin.

»In diesem Buch kommen zu viele Leute vor«, sagte sie, »aber nun habe ich schon damit angefangen.«

Ich sah auf dem Buchblock einen Stempel, »Eigentum des Duke University Medical Center«, und fragte sie, ob man ihr erlaubt habe, das Buch mitzunehmen. Ich befürchtete, daß sie es gestohlen hatte.

»Nein, hat man nicht«, antwortete sie. »Weißt du, wie hoch meine Rechnung war?«

Die Frage schien keine Antwort zu erfordern.

»Laß uns ein bißchen lesen und dann schlafen. Wenn wir wieder aufwachen, soll Vater mit uns in die Stadt fahren. Ich möchte heute ein bißchen was sehen«, sagte sie.

Sie schlug ihr Buch auf und begann zu lesen. Nach ein paar Minuten war sie eingeschlafen. Sie hatte nicht gesagt, daß ihr die vergangenen Jahre leid täten, und sie hatte mir auch nicht versprochen, daß es in Zukunft anders sein würde. Ich weiß nicht, was ich getan hätte, wenn sie sentimental geworden wäre. Vielleicht hätte ich ihr in meiner kindlichen Sprache gesagt, daß die Vergangenheit keine Rolle spielte. Für mich zählte nur, daß sie bei mir war, und daß sie sich allem Anschein nach stark und gesund fühlte. Das reichte mir für den Anfang.

Während Pearl unten beim Abspülen vor sich hinsang, schlief ich irgendwann ein. Mutter muß vor mir aufgewacht sein und mich zugedeckt haben. Am Spätnachmittag rüttelte Vater mich wach und erklärte mir, daß wir in die Stadt fahren würden. Ich weiß noch, daß ich mir damals wünschte, Mutter möge einfach mit mir in ein Geschäft gehen und mir etwas Neues zum Anziehen kaufen. Pearl hatte mir immer große Freiheiten gelassen, wenn wir einkaufen gingen. Ich durfte mir aussuchen, was ich für geeignet hielt, und hinterher reichte Pearl der Kassiererin einen von Vater unterschriebenen Scheck und einen verknitterten Zettel, auf dem stand: »Hiermit erteile ich Miss Pearl Wiggins die Vollmacht, diesen Scheck auszustellen und die entsprechende Summe von meinem Konto abbuchen zu lassen.« Jetzt wollte ich, daß Mutter etwas für mich aussuchte. Ich war gespannt, wofür sie sich entscheiden würde.

Wir gingen zu Belk's, Mutters Lieblingsgeschäft. Erst schlenderten wir durch die Abteilung für junge Männer, obwohl Freddy beteuerte, nichts zu brauchen. Aber Mutter schien ihm unbedingt etwas kaufen zu wollen. Schließlich entschied er sich für eine blaue Flanelljacke und eine graue Hose. Vater fragte Mutter immer wieder, ob es ihr nicht zuviel werde. Sollte sie nicht besser nach Hause fahren und die Dinge ein wenig langsamer angehen?

»Ich möchte es tun, und ich werde es tun«, gab sie ihm zur Antwort.

Als nächstes gingen wir in die Mädchenabteilung, wo sie mir einen roten Wollmantel mit passendem Hut und Muff kaufte. Eine von meinen Madame-Alexander-Puppen hatte einen Muff. Ich war begeistert. Mutter verkündete, daß wir von nun an jeden Sonntag gemeinsam in die Kirche gehen würden, weil ich dann Gelegenheit hätte, meinen Mantel zu tragen. Schließlich fragte sie meinen Vater, ob er etwas brauche. Er verneinte. Für sich selbst kaufte sie nichts. Auf dem Weg nach draußen hielt Vater in der Parfüm-Abteilung an und schenkte Mutter eine Flasche White Shoulders.

Abends, als wir wieder zu Hause waren, kam Mutter in mein Zimmer. Ich lag schon im Bett und las. Sie kam herein, ohne anzuklopfen. Wieder befürchtete ich, daß sie das langersehnte Mutter-Tochter-Gespräch mit mir führen würde. Während sie an mein Bett trat und sich neben mir niederließ, wappnete ich mich, so gut ich konnte.

»Gefällt dir dein neuer Mantel?« fragte sie.

Als ich bejahte, erklärte sie, daß ich ihn am Montag in die Schule anziehen dürfe, falls ich ihn nicht gleich dreckig machte. Rückblickend glaube ich, daß sie an dem Abend genauso nervös war wie ich, und genauso froh, daß uns der neue Mantel ein Thema lieferte. Damals aber hatte ich den Eindruck, daß sie alles unter Kontrolle hatte und ihrer selbst völlig sicher war. Nachdem sie sich eine Weile in meinem Zimmer umgesehen hatte, stand sie auf, ging zu meiner Pinnwand hinüber und betrachtete im Dämmerlicht die Photos meiner Schulfreundinnen. Dann trat sie an das Regal mit meinen Puppen und berührte einige von ihnen.

Als sie sich wieder zu mir aufs Bett setzte, sagte sie bloß: »Bleib nicht zu lange auf!« Ich antwortete, daß ich gleich schlafen würde. Ich war begierig darauf, ihr zu gehorchen, glücklich, endlich mütterliche Anweisungen von ihr zu bekommen. Noch lange, nachdem sie das Zimmer verlassen und ich die Lampe auf meinem Nachttisch ausgemacht hatte, spürte ich ihre Anwesenheit, ihre zutiefst befriedigende Anwesenheit. Es war kein Strom entschuldigender Worte nötig gewesen, um mir klar zu machen, daß sie mich liebte. Ich merkte es an der Art, wie sie in der Tür stehenblieb, unwillig, mich zu verlassen.

Mutter stand jeden Morgen auf und zog sich an, als müßte sie zur Arbeit in die Stadt. Als erstes ließ sie sich von Pearl herumfahren, um die fälligen Pachtbeträge einzutreiben. Die Pächter zahlten wöchentlich. Anschließend trank sie Kaffee und gab Pearl ihre Anweisungen für den Tag. Dann hörte sie Radio und bestickte dabei Kissen mit Monogrammen. Wenn ich mit meinen Hausaufgaben fertig war, ließ sie mich das Sticken üben, bis ich den Dreh heraus hatte; sie war geduldig und beschwerte sich nicht, wenn sie meine Stiche wieder auftrennen mußte. Abends saß Mutter oft über den Büchern von Mr. Barnes und Vater. Sie breitete die grünen Bögen vor sich auf dem Küchentisch aus und bat, nicht gestört zu werden, bis sie fertig war.

Sie ließ sich von Vater Unterlagen für die Führerscheinprüfung besorgen und paukte Verkehrsregeln. Schon bald übte sie auf der von tiefen Gräben flankierten Straße zu Mr. Barnes' Haus das Wenden und Rangieren, das Einparken zwischen Vaters und Pearls Wagen. Hubert war schließlich mit letzterem gefunden worden, nachdem Pearl ein paar in Frage kommende Orte genannt und Vater auf die Suche nach ihm geschickt hatte, weil ihrer Meinung nach keine »anständige« Frau einen Fuß in eines der Häuser setzen sollte, in denen er verkehrte. Vater entdeckte den Wagen zwischen zehn anderen in einem Vorgarten. Alle Autos, einschließlich Pearls, waren aufgebockt. Hubert hatte die Reifen einem Freund geliehen, damit er nach Baltimore fahren konnte. Vater mußte erst neue Reifen kaufen und sie montieren lassen, ehe er, gefolgt von Hubert, nach Hause fahren konnte.

Nachdem Vater Mutters Nähmaschine auf Vordermann gebracht hatte, ging sie mit mir in ein Stoffgeschäft und kaufte Schnitte und Stoffe für die Frühlingssachen, die sie mir im Lauf des Winters nähen wollte. Wir saßen dicht nebeneinander, während wir die Schnittmuster durchsahen und besprachen, was mir gefiel und was sie mit ihren Nähkünsten bewältigen konnte. Am Ende verließen wir das Geschäft mit Schnitten für ganz einfache Sachen, aber das störte mich nicht im geringsten. Wichtig war nur, daß meine Mutter sie für mich nähte. Als wir zu Hause waren, machte sie sich sofort an die Arbeit. Voller Elan begann sie mit dem Zuschneiden, Stecken und Heften. Ich stand reglos da und ließ sie meinen ganzen Körper vermessen.

Mutter kämpfte gegen jede Art von Verwirrung an und ließ sich in kein Gespräch verwickeln, bei dem auch nur ein Hauch von Grau herauszukommen drohte. Sie sprach viel über das Wetter, das ihr völlig verkehrt erschien. Sie klagte, daß sie die Farben des Herbstes überhaupt nicht mitbekommen habe und daß das ihr Gehirn mehr durcheinandergebracht habe als die Krankheit selbst. Sie erklärte uns, daß sie damit fertigzuwerden versuche, indem sie einfach zum Winter überging und verdrängte, daß es den Herbst je gegeben hatte. Sie wollte die kalte Jahreszeit so schnell wie möglich hinter sich bringen. Vielleicht würde sie dann das Gefühl bekommen, die Zeit wieder eingeholt zu haben. Sie erzählte uns, daß es ähnlich schlimm gewesen sei, als sie damals in Louisiana lebte und das Einsetzen des Frühlings mit seinen in voller Blüte stehenden Azaleenfeldern genossen habe, um anschließend in North Carolina das Ganze noch einmal zu erleben, wo der Frühling nur mit einem einsamen

Krokus im Garten begann. Die meisten Leute wären begeistert, den Frühling zweimal hintereinander genießen zu können, aber ein Mensch wie meine Mutter, deren innerer Rhythmus so stark gestört war, empfand es als äußerst beunruhigend, dieselbe Jahreszeit zweimal zu erleben oder eine ganz zu verpassen.

Ich selbst war anfangs wohl etwas verwirrt über Mutters Wiedereintritt in unser Leben, insbesondere über das offensichtliche Fehlen ihrer früheren Extreme – Depression und Hochgefühl –, aber Vater war dankbar für die ungewohnte Ruhe. Trotzdem dauerte es eine Weile, bis er sich ihrer Anwesenheit so sicher war, daß diese Gewißheit sogar bis in seine Träume drang.

»Als sie schon eine ganze Weile aus dem Krankenhaus zurück war«, erzählte er mir einmal, »hatte ich immer wieder denselben Traum. Er quälte mich monatelang, und es war genau derselbe Traum, den ich schon vor ihrer Einweisung in die Klinik gehabt hatte. Es ist fünf oder sechs Uhr morgens, und ich höre alle unsere Wanderarbeiter vor der Haustür herumschreien. Ich gehe nach draußen, um zu sehen, was los ist, und da liegt sie am Fuß der Treppe. Sie haben sie aus dem Bewässerungsteich gezogen und sie mir einfach vor die Haustür gelegt, wie eine Katze eine Maus ablegt. Sie trägt ihr weißes Hauskleid, und in ihren Taschen zeichnen sich die Steine ab, mit denen sie sich beschwert hat. Die Mexikaner reden wirr durcheinander, daß sie alle kündigen wollen, weil so etwas Unglück bringe, und dann kommt Pearl herausgerannt, und hinter ihr du und Freddy. Ich weiß nicht, was ich tun soll. Ich bin wie gelähmt. Ich kann mich nicht entscheiden, ob ich versuchen soll, sie wiederzubeleben – ihrem Aussehen nach ein sinnloses Unterfangen –, oder ob ich als erstes euch ins Haus schicken soll, oder Vater anrufen, oder was auch immer. Am Ende beschließe ich, alle Mexikaner auf der Stelle zu feuern, aber in dem Moment schlägt deine Mutter die Augen auf und sagt: ›Na prima! Eine wirklich weise Entscheidung! Und wer soll jetzt die ganzen Gurken ernten?‹ Nach diesen Worten schließt sie die Augen wieder.«

Mutter fuhr fort, ihr Leben in die Hand zu nehmen, wie sie es angekündigt hatte. Sie erschien weiterhin jeden Abend in meiner Tür und forderte mich auf, nicht zu lange zu lesen und vor allem nicht mit brennendem Licht einzuschlafen. Sie fuhr mich jeden Morgen zur Schule, aber sie gab mir keinen Kuß, wenn ich ausstieg. Sie schien mir nur ein Stück weit entgegenzukommen. Ich fragte mich, worauf sie wartete und was sie davon abhielt, mich ganz in ihre Arme zu schließen. Damals kam ich nicht auf die Idee, daß sie ebensowenig darüber wußte, meine Mutter zu sein, wie ich darüber wußte, ihre Tochter zu sein. Ich hätte mich im Wagen zu ihr hinüberbeugen können, um ihr einen Kuß zu geben. Ich hätte sie bitten können, mich abends richtig zuzudekken, aber ich tat es nicht. Ich hätte ihr eine Tür aufhalten können, aber statt dessen wartete ich auf sie. Vielleicht, so dachte ich damals, würde sie zu mir kommen, wenn sich ihr Zustand völlig stabilisiert hatte, was ihrem Arzt zufolge noch Monate dauern konnte.

Wir würden uns beide erst aneinander gewöhnen müssen. Jeder Tag, den wir verpaßt hatten, war ein Tag, den wir aufholen mußten. Und das gleiche galt für Freddy, was noch schwieriger war, weil er wegen seines Medizinstudiums nur selten zu Hause war. Aber die beiden schafften es. Nachdem er zu studieren begonnen hatte, nutzte sie die frühen Morgenstunden, um ihm zu schreiben, und bat mich dann, den Brief einzuwerfen, wenn ich zur Schule aufbrach. Die Umschläge waren immer prall gefüllt. Er schrieb alle paar Tage zurück, und wenn er in den Ferien nach Hause kam, half er ihr im Garten oder folgte ihr durch die Küche, während sie und Pearl Gemüse einmachten, und streckte sich nach den obersten Regalbrettern in der Speisekammer, wenn die beiden Frauen an irgend etwas nicht herankamen. Er blieb genauso fasziniert von ihr wie ich. Und wenn Vater zu Hause war und sie anschmachtete, mußte sie oft ein Machtwort sprechen, um ihrer Arbeit nachgehen zu können.

Daß sie gesund blieb, verdankte sie neben zahlreichen Medikamenten – insbesondere Miltown und später Lithiumkarbonat – vor allem der Psychotherapie und ihrer eigenen Willenskraft. Sie kam nie zu dem Schluß, daß sie sich in ihren manischen Phasen so wohl gefühlt hatte, daß sie sie wiederholen müsse. Unser Haus wurde nie wieder von Chaos und Entsetzen heimgesucht. Sie bemühte sich jeden Tag von neuem, gesund zu bleiben. Der Ernst, den sie dabei an den Tag legte, erinnerte an ein Kind, das versucht, an den Tagen vor Weihnachten besonders brav zu sein. Mit dem einzigen Unterschied, daß Mutters Bemühungen immer von Erfolg gekrönt waren. Sie war bei allen wichtigen Ereignissen meines Lebens anwesend, bei den kleinen ebenso wie bei den großen, angefangen bei ganz normalen, ruhigen Vormittagen mit Pearl in der Küche bis hin zu ihrem überraschenden Auftauchen im Auditorium, als ich für meine guten Leistungen ausgezeichnet wurde. Wir haben uns nie hingesetzt, um in einem langen, konstruktiven Gespräch die Vergangenheit aufzuarbeiten. Viel wichtiger waren ihre Taten. Wahrscheinlich hätte sie es gar nicht ertragen, die Vergangenheit und die damit verbundenen Qualen noch einmal ans Tageslicht zu zerren. Vielleicht hätte ich es genausowenig ertragen. Irgendwie schafften wir es, unser weiteres Leben zu meistern, ohne die alten Geister zu wekken. Wir ließen die Vergangenheit einfach Vergangenheit sein.

Als ich mich schließlich hinsetzte, um die Erinnerung an sie heraufzubeschwören, hatte ich die Sorgen und Wunden meiner Kindheit längst vergessen. Erst die Auseinandersetzung mit ihrem Leben hat mich wieder an die Qual erinnert, die ihre Krankheit für mich bedeutete, und an die unbeschreibliche Freude, die ich bei ihrer Heimkehr empfand. Vergeben ist ebenso eine Kunst wie Heilen, und indem ich die Geschichte meiner Mutter erzählt habe, ist es mir gelungen, ihr vorbehaltlos alles zu vergeben und mich selbst zu heilen, ohne Angst davor zu haben, wegen ihres Todes noch einmal in tiefen Kummer zu versinken. Erst jetzt verstehe ich das Wunder der Katharsis und den Wert von Mutters Geschichte. Ich sehe sie vor mir, wie sie sich auf einen Rechen stützt, mit dem sie in unserem Vorgarten einen Teppich aus gelbem und goldenem Laub bearbeitet hat, und zu mir herübersieht. Sie sagt nichts, sie lächelt bloß. Ich bin fünfzehn Jahre alt und stehe auf der anderen Seite des Gartens, wo ich Hubert helfe, Laub auf einen Schubkarren zu laden, den er anschließend an den Waldrand hinterm Haus fahren wird. Ich halte inne, um ihr Lächeln zu erwidern. Noch heute kann ich die Wärme spüren – die Wärme der Herbstsonne ebenso wie die Wärme ihres Blickes. Ich sehe sie aber auch vor mir, wie sie Jahre später auf jener Treppe ausrutscht. Damals war sie schon so lange gesund, und längst noch nicht bereit zu sterben. Obwohl ich gezwungen bin, ihren bestürzten Blick zu sehen, während sie fällt, ist es doch ihr anderes, friedlich lächelndes Gesicht, das sich letztendlich in mein Gedächtnis eingegraben hat: die unauslöschliche Erinnerung an ihr Gesicht im klaren, endlosen Oktoberlicht.

DANKSAGUNG

Mein Dank gilt Liz Darhansoff, die mir mit Rat und Tat zur Seite stand, Faith Sale, die dieses Buch aus mir herausgekitzelt hat, und Anna Jardine, die den Text durchgesehen und korrigiert hat. Außerdem danke ich Mary, Leslie, Louise, Frank III. und Victoria für ihre Geduld und ihr Verständnis, und Mary Alice Ward für ihre Geschichten.